실수 9단, 행복 만들기 10단

안나의 즐거운 인생 비법

안나의 즐거운 인생 비법

2008년 8월 5일 초판 1쇄 발행. 2017년 7월 25일 초판 3쇄 발행. 황안나가 쓰고, 왕소희가 만화를 그렸습니다. 이홍용과 박정은이 기획하고, 양인숙이 편집을, 박소희가 표지 및 본문 디자인은 하였습니다. 인쇄는 수이북스, 제본은 성화제책에서 하였습니다. 출판사 등록일 및 등록번호는 2003. 2. 6. 제10-2567호이고, 주소는 서울시 마포구 성미산로16길 18, 전화는 (02) 3143-6360, 팩스는 (02) 338-6360, 이메일은 shantibooks@naver.com입니다. 이 책의 ISBN은 978-89-91075-47-4 03800이고, 정가는 12,000원입니다.

이 도서의 국립중앙도서관 출판시도서목록(CIP)은 e-CIP홈페이지(http://www.nl.go.kr/ecip)와 국가자료공동목록시스템(http://www.nl.go.kr/kolisnet)에서 이용하실 수 있습니다.(CIP제어번호: CIP2010003190)

실수 9단, 행복 만들기 10단

안나의
즐거운
인생 비법

황안나 지음

【산티】

시원하게
웃는 사람 하나 있다면······

지금까지 살면서 실수를 참 많이도 했다. 실수할 때마다 내 블로그의 〈앗! 나(안나)의 실수〉 방에 올렸더니 많은 분들이 재밌어했다. 생각해 보면 그리 자랑할 만한 것들이 아닌데 마치 실수를 즐기듯이 써왔다. 대부분 우스운 것들이지만 어느 땐 정말 아찔한 실수들도 했다. 그래서인지 어느 블로거는 나더러 정신과 치료를 받아 보라고도 했고, 치매 초기일지도 모른다고 겁준 사람도 있었다. 반대로 어떤 분은 "요즘은 안나님이 실수를 안 하시니까 심심해요" 하며 내가 실수하기를 기다리기도 한다.

나도 내 잦은 실수를 걱정하진 않는다. 원고 없이 두 시간 강연도 하고, 실수한 이야기를 하나도 빼놓지 않고 옮겨 적는 걸 보면 아직 걱정할 정도는 아닌 듯하다. 물론 음식을 자주 태워서 속상하고, 내려야 할 전철역을 지나치기 일쑤여서 고생은 하지만 실수도 생각하기 나름이다. 어처구니없는 실수를 하고 나서도 크게 웃고 나면 그것이 즐거움이 되기도 한다.

지난 봄, 출판사로부터 내 실수담을 묶어 책으로 내자는 제안을 받았을 때, 그게 무슨 책 한 권이 되겠냐고 했더니 책 한 권을 내고도 남을 분량이라고 했다. 깜짝 놀라서 그간 쓴 것들을 세어보니 무려 백 편 가까이 되었다. 책을 한 권 낼 만큼 실수를 하다니!

그러나 막상 책으로 엮어내려니 부끄럽기도 하고 실수담이 무슨 자랑이라고 책으로까지 내느냐고 할 것 같아 망설여지기도 했다. 그러나 점점 살기 힘들어지는 요즘, 뭐하나 되는 일은 없고 짜증만 나는 세상에 한번 웃어보는 것도 좋으리란 생각에서 용기를 냈다.

맘에 걸리는 게 또 있다. 지난 40년간 초등학교 교사였으며 청소년기의 손자손녀가 있는 할머니로서 국어 지킴이에 앞장서지는 못할망정 바른 말 고운 말을 써야 옳건만, 인터넷에서 쓰던 용어들을 간혹 책에 남겨놨다. 따옴표로 묶어놓기는 했지만, '즐' 이니 '빠쓰' 니 하는 말들이 그런 것들이다. 이 책에 나온 맞춤법이나 점잖지 못한 표현은 한 번 읽고 잊어줄 것을 당부 드린다.

사이사이 인생 비법이라는 거창한 이름의 글도 넣었으나 사실 단순하기 그지없는 내용이다. 그러나 육십하고도 아홉 해를 만딸로, 아내로, 며느리로, 어머니로, 교사로, 할머니로 살아오면서 겪은 숱한 사건과 상황이 내게 준 고마운 선물들이다. 더 오래 살게 된다면, 어쩌면 이보다 더 단순하고 더 적은 수의 비법만을 말하게 될지도 모르겠다. 인생은 생각하기에 따라 그리 복잡한 게 아니기 때문이다.

끝으로 꾸무럭대느라 원고를 제때에 넘겨주지 못해 여름 더위에 고생하신 샨티 식구들에게도 죄송하다. 생각해 보니 첫 책 《내 나이가 어때서?》도 삼복더위에 냈는데, 한 여름에 고생시킨 것 같아 면목이 없다.

그리고 밍밍한 내 글을 상큼하고 재밌는 만화로 그려주어서 책 읽는 재미를 더해주신 왕소희 님, 예쁘게 디자인해 준 박소희 님께도 감사드린다.

요즘 세상은 잘난 사람 천지다. 모두 똑똑하고 영악스럽다. 그런 세상에 어리바리하고 바보스러운 실수 잘 하는 내 이야기를 읽고 시원하게 웃어주는 분이 계신다면 책 낸 보람이 있겠다.

2008년 7월, 안나

안나의
즐거운
인생 비법
01 〉〉··

즐겨라

내가 동해에서부터 남해를 거쳐 서해까지 해안 일주를 하려고 마음먹었을 때, "그거 괜찮겠다!"고 찬성한 사람은 아무도 없었다. 늘 나를 응원해 주던 남편도 말렸고, 제부는 좀 미련한 거 아니냐고 하고, 심지어는 미쳤다고 하는 사람도 있었다. 물론 나도 불안하긴 했지만 생각해 보면 못할 것도 없지 싶었다. "천리 길도 한 걸음부터"라는 말도 있듯이 한 걸음 한 걸음 걸으면 될 거 아닌가. 사실 시작만 한 걸음이 아니다. 처음부터 끝까지 오로지 '한 걸음' 말고 달리 필요한 게 없다.

'그래, 해보는 거야. 난 할 수 있어!' 길을 걸으면서도 설거지를 하면서도 "난 할 수 있다!"고 외쳤다. 하고자 하는 일을 구체적으로 생각하고, 말하고, 벽에 글씨나 그림을 그려 자꾸 바라보면 나중엔 그 일이 만만해 보인다. 두려움은 그 정체를 잘 모르거나 막연할 때 더 커지기 때문에 구체화하는 일이 중요하다. 무엇보다 이토록 하고 싶은 걸 하지 않으면 두고두고 후회할 거란 생각이 들어 용기를 냈다. 난 어려운 일이 닥칠 때마다 "설마 죽기야 하겠어?" 하며 부딪쳐 본다. 그야말로 모든 걸 다 걸고 하겠다는 각오다.

나를 건다는 건 그것과 하나 되고, 그것을 즐긴다는 말이기도 하다. 즐거운 상황인 경우는 두말할 나위 없이 그 즐거움과 하나 되는 것이고, 고통스러운 경우 역시 그 고통과 하나 되어버리는 것이다. 해안선 종주를 하면서 발에 물집이 잡히고, 비바람 몰아치는데 문 열린 숙소를 찾을 수 없어 고생한 때도 있고,

길을 잃고 헤매기도 했지만, 그런 고통도 기꺼이 즐기기로 마음먹으면 전혀 다른 의미가 된다.

국토 종단을 하고 돌아온 지 얼마 되지 않아 산악회 아우가 기념으로 인수봉을 오르자고 했을 때도 사실 한 번도 해보지 않은 일이라 겁이 나긴 했지만, 암벽 전문가인 아우를 믿고 또 나를 믿고 도전했었다. 그때 내 나이 65세. 인수봉을 올라본 그 짜릿한 경험은 잊지 못할 거다.

즐기는 것에는 두 가지가 있다고 본다. 하나는 잘 못하지만 즐겁게 동참하는 것이고, 또 하나는 정말 즐길 만큼 잘하게 되는 것이다. 내가 조물조물 흙을 가지고 장난하듯이 그릇을 만드는 건 잘 못하지만 즐기는 것이고, 100킬로미터 울트라 걷기대회에 나가 스물여섯 시간 동안 잠도 자지 않고 걷는 것은 힘이 드는 일이지만 그것 역시 즐기는 것이다.

순간순간을 즐기든, 전문적인 수준으로까지 끌어올려 즐기든 둘 중 한 가지만 잘해도 꽤 재미있는 인생이 되지 않을까?

비가 오면 비도 맞아보고, 눈이 오면 눈밭에서 뒹굴어도 보고, 바닷가에 가면 풍덩풍덩 들어도 가보고, 여행을 떠났으면 그 나라 그 장소에서만 맛볼 수 있는 것들을 고생스럽더라도 최대한 맛보고, 요리를 할 때도 일류 요리사인 양 온갖 폼을 잡아가며 요리를 한다면, 그런 것들도 모두 즐길 거리가 될 수 있다. 포도 한 알을 먹어도 그 맛을 충분히 느끼고, 남편의 눈을 바라볼 때도 그 눈빛과 온전하게 하나가 되고…… 그런 순간이야말로 '살아있는' 것 아닐지.

자기에게 온 상황들을 기꺼이 받아들이고, 놀이터에 온 어린아이처럼 놀듯이 살면 그만큼 인생이 재미있을 것이다. 점잖 빼지 말고, 남의 시선 너무 의식하지 말고, 새로운 것이라 두려워하지 말고 말이다.

또 한 가지 방법은 시간과 노력을 들여 더 잘 즐길 정도가 되는 것이다. 무엇이 되었든 단순 취미에서 프로에 버금가는 수준으로까지 끌어올려 보는 경험은 정말로 소중하다. 아는 만큼 보인다고, 훨씬 많은 것들이 보이고 훨씬 많은 즐거움을 맛볼 수 있다.

예를 들어 기분 울적한 날에 멋진 피아노 연주를 내가 날 위해 들려줄 정도의 수준이 된다면 얼마나 좋으랴. 가슴 깊이 담아두고 싶은 풍광을 한 폭의 수채화로 담아둘 수준이 된다면 그 또한 얼마나 멋질까. 요리에 남다른 감각이 있다면 요리사 자격증 획득에도 한번 도전해 보는 거다. 그런 과정을 통해서만 맛볼 수 있는 성취감이나 자신감, 즐거움은 또 다른 맛일 테니.

이런 일들을 즐겁게 하되, 반드시 성공해야 한다는 생각은 버리자. 이 나이가 되도록 살아보니 인생에 성공이나 실패라는 객관적 평가란 있을 수 없다는 걸 알게 되었다. 성공이나 실패와 같은 결과에 마음 두지 말고 하고 싶은 것을 즐겨라. 그 순간을 맘껏 누리면서 하고 있는 행위와 온전히 하나가 되라. 즐기지 못하는 것이야말로 실패라면 실패일 테니까!

앗! 나의 실수 남은 반쪽은 어디다 쓸까?

통영기행 때 일이다.
버스로 이동하던 중 갑자기 배가 아파오기 시작;

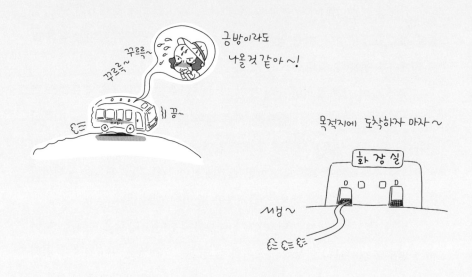

금방이라도
나올것같아 ~!

꾸르륵~ 꾸르륵~
꾸르륵~

) 끙~

목적지에 도착하자 마자 ~

화 장 실

쌩~

푸드드득 푸드드득 ~!!

아이구야!
가스가 얼마나 가득 찼는지
장끼(수꿩) 날아가는 소리가
다 나는구나!

뿌뿌뿌뿌

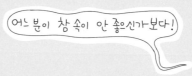

어느 분이 참 속이 안 좋으신가보다!

헉···ㅇ
남자 목소리··?
그렇다면 여기는 남자 화장실!!!

악! 그런데다,

휴지도 없다!

에라이!
이거라도!

쨘!
손수건

찌지지직

원
질기기도 하지!

개가 뻑다구
물어뜯어~

잉?

뭐시냐!

팔랑
팔랑
팔랑
((
팔랑

이런 바보가 있나!

아니 찢긴 왜찢냐말이다!
그냥 쓰고 버리면 될것을...ㅇ
하유~ 정말기가 막혀서!

두리번
두리번
쏙

아이꾸....
화장실
ロロ ロロロ
씨방~
ㅌ3 ㅌ3
000

정말 이딴 실수는 첨이야!!!
그런데 반쪽짜리 손수건은 어디다쓸까? ㅎㅎㅎ

다음번엔 무료로 태워드릴게요

무의도 산행을 생각보다 일찍 마쳐 월미도에서 바이킹을 타보기로 했다. 몇 년 전에 바이킹을 타보긴 했으나 최근엔 타본 일이 없어서 좀 긴장되긴 했지만 그래도 타보고 싶은 생각이 들었다. 일행 열다섯 명 중 일곱 명만 타겠단다. 물론 나도 그 일곱 명 중 하나였다.

차례를 기다리는 동안 먼저 타고 있는 사람들이 악악대는 소릴 들으니 겁이 좀 나긴 했다. 드디어! 내 차례가 되어서 타는데 이왕 타는 거 맨 뒷자리로 가서 앉았다. 그런데 방송을 하는 거다!

"맨 뒤에 앉은 까만 모자 쓴 아주머니, 가운데로 가세요! 아주머닌 뒷자리에 앉으면 안 됩니다."

난 태연하게 앉아 있었다. 왜냐구? 난 할머니니깐!

그런데 다시 방송을 하는 거다.

"아주머니! 저 가운데 자리로 가시라니까요. 거기 앉으시면 큰일 나요!"

그래도 가만히 있는데 사람들이 죄다 나를 돌아다봤다. 그래서 괜찮다고 했더니 "그럼 우린 책임 안 집니다. 여기 계신 분들도 다 들었으니까요."

'얄민 넘' 같으니라구, 괜찮다는데 야단이야! 나는 크게 소리쳤다.

"괜찮아요! 많이 타봤어요!"

드디어 무릎 위로 안전 장치가 내려오더니 다음 순간 바이킹이 슬슬 움직이기 시작했다. 그 순간 '아, 안나야, 너 몇 살이냐? 아이구 한심하다' 이런 생각이 고개를 들었다. 그러나 이미 엎질러진 물. 바이킹이 스으으윽~ 앞으로 나갔다가 뒤로 갔다가 앞으로 나갔다가 뒤로…… 드디어 가속이 붙더니 "으아아~!! 나 살려~ 으아아아!" 나 죽나보다 했다.

원래 월미도 바이킹은 무섭기로 소문난 곳이다. 뒤로 쏟아질 듯 물러났다가 쏜살같이 아래로 내리꽂히는 순간은 오싹한 게 뭐랄까, 발바닥을 옛날에 감자 깎던 찌그러진 놋숟가락으로 긁어대는 것 같기도 하고 전류가 온몸에 좌악 흐르는 것 같기도 하고…… 하여튼 자지러질 듯 아찔한 느낌이 왔다.

그렇게 몇 번을 하고 나니까 드디어 재미있어지기 시작했다! 흐흐흐~ 젊은 애들 틈에 끼어 앉아서 꺅꺅 대면서 타고 나니까 엄청 재밌었다. 그래서 바이킹이 아래로 내려갈 땐 "아아아싸~아~!" 소리까지 질러댔다.

바이킹에서 내려와서 아까 방송하던 녀석한테 가서 내가 이렇게 말했다.
"총각! 나 아주머니 아냐! 예순 넘은 할머니야!"
총각이 나를 멍하니 바라보더니 고개를 절레절레 흔들며 이런다.
"할머니, 또 오세요. 담번엔 무료로 태워드릴게요!"

황씨 가의 딸들

오늘은 시골에 계시는 어머니께 가는 날이다. 이것저것 준비한 보따리를 들고 부랴부랴 주차장으로 내려갔는데 차 열쇠를 두고 내려간 거다. 짐을 차 옆에 두고 다시 아파트로 올라왔는데 열쇠가 없다! 늘 두는 곳을 봐도 없고 핸드백 속을 뒤져봐도, 외출할 때 입었던 바지와 집에서 입는 바지 주머니까지 다 봐도 없다.(보조키는 잃어버린 지 오래다!)

어머니 좋아하시는 콩국도 했지, 과일이랑 닭도 있지 도저히 그걸 들고 대중교통으로 갈 자신은 없고 안 가자니 어머니가 기다리시겠고…… 일단 처음부터 차근차근 찾아보기로 하고 내려다놓은 짐을 다시 가지고 올라오려고 차로 갔는데…… 뜨아! 차 키가 트렁크 뒤에 얌전히 꽂혀 있다! 그러니까 엊저녁에 미리 트렁크에다가 포도 한 상자를 갖다 싣고는 열쇠를 꽂아놓은 채로 들어온 거다.

서울서 두 여동생이 기다리고 있을 텐데 늦어도 한참 늦었다. 서둘러 출발해서 한참을 가다보니까 아차! 어머니께 갖다드리려고 해놓은 콩국은 냉장고 안에 그대로 뒀다. 차를 돌려 다시 집으로!

서울 도착은 약속 시간보다 한 시간이나 늦은 8시 반. 동생 셋을 태우고 가면서 오늘의 건망증을 말하며 내가 너무 한심하다고 했더니, 막내가 하는 말이 "언니만 그런 게 아니야. 어제 친구네 집에 갔는데 먹다 남은 돼지고기를 주면서 개 갖다주라고 하는 걸 잊어버릴까봐 비닐봉지에 넣어 내 신발 위에다 놓고는 친구 집에서 나올 때 신발 위에 봉지 있는 걸 보고 '이건 뭔데 여기 있지?' 하고는 내려놓고 왔어. 나도 그런데 언니는 당연하지, 뭐."

그 소릴 듣더니 셋째여동생이 하는 말, "언니! 말 마. 난 있지, 호림 아빠(즈 신랑)하고 춘천 갈 때, 휴게소 들러서 볼일 보고 난 뒤 차에 올라타면서 '여보, 차가 많이 밀리겠지?' 하니까 운전석에 앉은 남자가 '누구세요?' 하는 거야. 그래서 보니까 다른 사람 차를 탔지 뭐야. 너무 창피해서 후다닥 내렸더니 저 뒤에서 호림 아빠가 삿대질을 하면서 '어딜 탄 거야 어딜!' 하더라구."

자매가 눈물이 나도록 웃었다. 그렇게 웃다가 농협마트에서 쌀 10킬로그램을 산 걸 계산만 하고 쌀은 마트에 그냥 두고 왔다!(돌아오는 길에 찾았다!) 아! 황씨 가의 딸들이여! 언니가 총명해야 동생들도 총명할 텐데 어리바리한 언니 뒤를 바짝 따르니 큰났다!

목침 베개 왔어요~

요즘 내가 허리가 아파서 물리 치료를 받으러 다닌다. 병원에 가면 물리 치료실로 들어가서 목침 베개(실은 목침이 아니라 고동색 비닐 베개다)를 베고 누워서 별의별 치료 기구를 다 쓰느라 엎드리기도 하고 옆으로 눕기도 한다. 전기 치료(?)를 받을 땐 찌릿찌릿한 게 영 안 좋다. 온몸을 타타타탁~ 두드리기도 한다. 어떨 때는 치료받다가 깜빡 졸기도 한다.

그저께도 병원에서 치료를 받는 동안 잠깐 졸았는데 다 끝났다는 간호사 말에 얼른 일어나 옷매무시를 고친 뒤 치료비를 내려고 지갑을 열려니까 손에 들고 나온 게 어머나! 목침 베게였다! 간호사 아가씨들이 죽어라 웃어댔다.

"아가씨들 웃지 마! 아가씨들 엄만 안 그러셔? 그렇게 자꾸 웃으면 나 이 병원에 안 올 거야!"

이렇게 넉살좋게 응수해 주면서 나도 웃었다.

오늘은 병원에 들어서면서 "목침 베개 왔어요!" 했더니 아가씨들이 한바탕 또 웃는다. 그런데 오늘은 뜨거운 타월 찜질과 찌릿찌릿한 전기 치료 외에 한 가지를 더 추가해서 오른쪽 손목에다가 전선줄을 이어놓고 20분을 있어야 했다. 책을 읽을 수가 없어서 멀거니 누워 있는데 커튼을 쳐놔 아늑한데다가 침대 바닥이 따뜻하고 부드러워서 또 잠이 들었다.

발자국 소리에 화들짝 깨서는 남편이 퇴근해서 들어온 줄 알고 "여보~ 오! 당신이세요?" 했다. 다가온 원장이 "아닌데요" 하며 웃었다.

치료가 끝났다는 간호사 아가씨 말에 부스스 일어나서 겉옷을 주워 입고는 대기실로 나간다는 게 진료실로 들어갔다. 원장님과 다른 환자가 면담하다가 날 쳐다봤다. 아이구 이런이런! 자타가 공인하는 길치인 내가 병원에선들 제대로 출구를 찾겠나!

그나저나 그 원장, 살짝 오해했을지도 몰라.

이보다 좋을 순 없다

한강 걷기를 하던 지난주 토요일과 일요일은 날씨가 엄청 더웠다. 처서가 지났건만 불볕더위였다. 그런 날 30킬로미터를 걷는다는 건 너무 힘든 일이다. 이틀째인 일요일엔 어찌나 더웠던지 자갈이 깔린 강가를 걷는데 뜨거운 열기가 훅훅 올라와서 땀이 비 오듯 흘렀다. 입안은 바싹 마르고 흘린 땀으로 옷 잔등이 푹 젖었다. 배낭 옆에 찔러 넣은 물병의 물은 이미 바닥났다. 모두 헉헉거리며 걸었다. 아침에 나눠준 오이는 신선도가 떨어진데다 미적지근해서 먹고 싶지가 않았다.

모두 다리 아래 그늘에서 쉬기로 했다. 먼저 간 길벗 몇 사람이 강물에 발을 담그고 앉았다. 나는 배낭을 벗어서 돌 위에다 놓고 신발도 벗어서 그 옆에 놓고는 물로 첨벙첨벙 뛰어 들어갔다.(물론 옷 다 입은 채로!) 찬물에 들어서니 머리끝까지 시원함이 차올랐다.

"아, 이보다 좋을 순 없다!"

온몸의 피로가 모두 다 씻겨 내려가는 것 같았다. 무릎 위까지 차오르는 더 깊은 물 속으로 들어서니 먼저 들어선 길벗님이 물 속에 앉아서 옆으로 오라고 했다. 미끄러질까봐 주춤주춤하며 곁으로 가서 바위 위에 걸터앉으니 물이 가슴 위까지 차올랐다. 옷이야 기능성 등산복이니 물 밖으로 나가면 불볕 아래선 한 시간도 안 걸려 마를 테니 걱정 없었다. 사실, 무지하게 시원해서 그까짓 옷이야 젖건 말건 상관도 하지 않았다.

물 밖에 있는 길벗님들이 보고 웃었다. 나도 찰박찰박 물장구를 쳐대며 웃었다. 마치 돌잡이 어린 아기가 엄마 보고 좋아서 두 팔을 뻗고 바닥을 쳐대듯이 하면서 말이다. 그렇게 한참을 손으로 물을 쳐가며 희희낙락거렸다. 늙으면 애 된다더니 그 말이 맞나보다. 나이도 잊고 시원하게 물장구쳐대며 물 속에서 한참을 놀았다. 그러다가 다시 또 걸어야 할 시각이 다가왔으므로 물 밖으로 나가려고 일어서다가 문득 주머니 속에 든 핸드폰이 생각났다.

"옴마야~ 내 핸드폰!!"

얼른 주머니에서 핸드폰을 꺼내봤더니 물이 줄줄 흐른다. 물 밖에 있던 길벗님들이 모두 손뼉을 치며 웃어댔다. 세상에 믿을 놈 없다더니 안됐다고 위로는 못할망정 그렇게 웃을 수가 있나! 하긴 나도 젖은 전화기 들고 웃었지만 말이다. 얼른 배터리를 뺐지만 다 소용 없는 일이었다. 잠깐의 시원함을 즐긴

값이 솔찬히 들어가게 생겼다.

배고프면 표현을 해라

언젠가부터 집 안에 뭘 들여놓는 걸 별로 달가워하지 않게 되었다. 더구나 생명 있는 건 기르지 않을 생각이었다. 그런데 그런 내 의사는 들어보지도 않고 나 심심하지 말라고(마누라를 이렇게 모르다니…… 쯧쯧! 난 블로그질만 해도 충분하다. ㅎㅎ) 커다란 어항에 열대어를 들여놨다. 물고기들을 들여놓고 나더러 어떠냐고 묻는다.

이왕 사온 거 기분 상하게 할 필요 있나! 그래서 내 생전 이렇게 예쁜 고기들은 첨 봤다고 알랑댔더니 마누라한테 좋은 일 한 줄 알고 만족해서 벙글벙글한다. 남자들이란……

아까 저녁 먹고 나서 책 읽고 있는데 다급히 부르는 소리.

"여보, 여보! 빨리 좀 와봐요!"

난 무슨 난리 난 줄 알고 황급히 나갔다. 그랬더니 수족관 앞에 서서 나더러 고기 보라고 부른 거였다. 나도 잠시 수족관 옆에서 들여다봤더니 투명한 고기(뼈까지 훤히 들여다뵌다. 별꼴이다) 세 마리는 자기들끼리 수초 심은 데 숨어 있고, 새파란 불 켠 것 같은 볶음 멸치만한 것들은 또 자기들끼리만 뭉쳐 몰려다니고, 더 진한 뻘건 것들은 좀 위에 떠서 끼리끼리 몰려 논다. 그리고 좀더 희끄무레하게 벌거스름한 것들도 끼리끼리다. 그걸 뭐가 그리 신기하다고 책 읽는 마누라를 귀찮게 불러댄담. 잠깐 보는 척하다가 '궁뎅이'에 휘익 바람내면서 들어와 버렸다.

게다가 나더러 만날 아침에 '괴기' 밥을 먹이란다. 대답은 시원히 했다만 내 정신에? 어림없지!

아까 퇴근해 오자마자 "고기 밥 줬어요?" 그제서야 아차! 싶었지만 "네!" 해버렸다. 저 말 못하는 것들이 얼마나 속상할까! 지금 남편은 자는데 이제라도 줘야 할까보다 하고 나갔더니 물고기들이 모두 날 쩨려보고 눈 흘기는 것 같다. 엉뚱하게 수족관은 들여놔서 고민거릴 만들어주네 그랴. 고기들도 안됐다. 건망증 할머니 때문에 굶기를 밥 먹듯 하게 생겼다!

"그치만 괴기들아. 어쩌겠니? 우리 잘해 보자. 배고프면 표실해라 표실……"

안나의
즐거운
인생 비법

02 〉〉· ·

유치해져라

나도 한때는 문학 소녀였고 교사였고 또 어머니요 며느리다 보니 때론 분위기를 잡기도 하고 점잔을 빼기도 하고 엄하기도 하다. 그러나 사람이 어찌 그러고만 살 수 있나? 우리 안엔 그런 것만 있는 게 아닌데!

사회 생활을 하다보면 점점 다른 사람들 눈치를 볼 일도 많아지고 또 형식적인 관계를 맺는 일도 많아져 자기 안에 있는 본성을 잃기가 쉽다. 또 어린아이 같은 마음이 올라와도 그 느낌 그대로를 살려주기도 어렵다.

일탈도 꿈꾸지만, 그 역시도 상상 속에서나 해보지 결국엔 이런저런 이유를 대며 주저앉고 말 때가 더 많다. 자우림의 노래처럼 "머리에 꽃을 달고 미친 척 춤을, 신도림역 안에서 스트립쇼를, 비오는 거리에서 벗고 조깅을, 선 보기 하루 전에 홀딱 삭발을~" 상상해 보기도 하지만, 그게 어디 쉬운 일인가.

이런 대단한 일탈을 상상하는 사람일수록 평소에 쌓인 스트레스가 크다는 얘기일 거다. 한꺼번에 몰아서, 그것도 너무 쇼킹한 방식으로 일탈을 해서 주변사람 놀래지 말고, 일상에서 소소한 것들로 또 적당한 때에 긴장을 풀어주자. 어떻게? 간단하다! 조금만 유치해지면 된다. 난 사실 많이 유치한 편이다. 그래서 사람들을 잘 웃기기도 한다. 폼 잡고 있어봐야 나만 힘들다.

지난해 산악회 아우들하고 신년 해맞이 산행을 했다. 날씨가 너무 추워서 바지를 두 개 겹쳐 입었는데, 속에 입은 바지 위에다가 화투장의 똥광이 찍힌

'엽기 빤쓰'를 입고 그 위에 두꺼운 바지를 입었다. 점심 먹고 나서 다들 느긋하게 쉬고 있을 때 느닷없이 겉바지를 확! 내렸다. 순간, 똥광이 그려진 팬티가 나오자 다들 뒤집어지게 웃어댔다. 지금도 그때 얘길 하면서 웃곤 한다. 웃음만큼 좋은 활력소, 치료제가 어디 있는가. 또 내가 이 나이에 점잖 빼고 우아하게 폼 잡고 있으면 젊은이들이 나를 참 거북해할 거다.

말 나온 김에 인터넷에서 구입한 내 아바타 옷 좀 자랑해야겠다. 내 취미에 맞는 인터넷 카페를 드나들다보니 아바타몰에서 옷을 사게 됐다. 처음에 아바타몰에서 골라 입은 옷은 야시시하고 하늘하늘한 핑크 드레스였다. 파티용의 드레시한 원피스도 입혀봤다. 그 담엔 캐주얼로, 명절엔 추석빔, 설빔을 갈아입혔다. 한복을 우아하게 갈아입히면 살롱 마담 같다. 지금 내 아바타 옷장엔 개도 두 마리나 있고(개를 옷장에 넣어두다니…… 옷에 개털이 묻겠군), 귀고리 두 개와 안경과 선글라스, 티테이블에 핸드백도 있다. 참, 마릴린 먼로 원피스도 있다. 퀴즈를 맞혀서 탄 정장도 한 벌 있다. 손녀딸에게도 아바타 옷을 선물하니 무척이나 좋아한다. 할머니가 유치해지니까 친구 같다나?

영감은 회사 나가서 스트레스 받고 고생하는데 마누라는 이만 짓이나 하고 있으니 좀 미안하기도 하지만, 기분이 좋으니까 영감 들어오면 방실방실 웃으며 맞을 수 있으니 나쁘지 않다.

지난 발렌타인데이 때는 남편에게 줄 초콜릿을 샀다. 젊은 아가씨들 틈에 끼어서 초콜릿을 고르려니 좀 멋 적긴 했지만 남편 사랑하는 마음이야 '즈들'과 다를 거 없다. 아니 더하면 더했지 결코 덜하지 않다. '즈들'이야 이제 만난 지 며칠 혹은 몇 달, 몇 년일 수 있지만, 우리는 같이 한 세월이 어디냐. 사랑의 유통 기한이 3년이라고 하는데, 그 유통 기한 늘일 수 있는 방법 중 하나도 유치해지는 거다. 자꾸 표현해야 알지 어찌 알겠나.

리본을 예쁘게 맨 초콜릿 상자를 건네니 영감이 좋아서 동화책 속의 해님처럼 헤벌쭉 웃는다. 남편도 화이트데이 때 예쁜 사탕 바구니를 사왔다. 순간 "먹지도 않는 이 비싼 걸 뭐 하러 사왔냐?"는 말이 목구멍까지 올라왔지만 꿀꺽 삼켰다. 이런 순간에도 이왕 사온 거 유치찬란하게 기뻐하는 편이 훨씬 낫다. 비록 사탕은 잘 먹지 않지만 예쁜 사탕 바구니를 볼 때마다 기분이 좋다.

발렌타인데이, 그거 장삿속이라는 거 나도 안다. 그러나 그렇게 생각하고 말 수도 있지만, 그런 날을 빙자해 사랑을 고백할 수 있다면 좋은 거 아닌가? 정월 대보름에 나물과 오곡밥을 해먹고, 동지에 팥죽 쑤어 먹고, 인터넷에서 아바타 옷도 사 입혀보고, 남편하고 팔짱 끼고 걷고, 게다가 등산복이나 티셔츠는 커플로 갖춰서 입는다. 때론 속옷도 커플로 입는다.

유치하면 어떤가. 웃고 살면 건강하고, 젊어지고, 즐겁고, 그러면 그만큼 삶이 행복해지는 걸. 폼 잡지 말고, 가끔은 조금만 유치해져라. 유치해진 만큼 몸과 마음이 이완되어 건강에도 좋다.

앗! 나의 실수 | 할머니 한눈 팔다

미끄러운 골목길을 조심조심

걷고있는 안나~

동생이
싸준 보름나물

땅콩
호두
밤

조심!

따르릉 ♪ ♪♪ ♪~

여보세요?
어머! 반갑다. 얘!!

우다닥~

무거운 짐을 한 손으로 몰아들고 . . .

어디선가 들려오는 멋진 바리톤음성

저런.. 밤이 다
흩어졌네요...

반짝

반짝

어머나!
이렇게 멋진 할아버지
첨이야!...

멍~

갑자기 부끄러워지고
얼굴이 화끈 거리네...

괘...괜찮아요!
감사합니다 !!!

오-잉

한편 , 집에서 이야기를 들은 우령감!

ㅋㅋㅋ

푸하하~
우령감 샘나나 보다.
이래 봬도 아직 안심하면 안 된다구.
이 영감 아!

쪼글이 커플

오늘은 차분히 맘 잡고 집에서 밀린 집안일 하느라고 바쁘다. 집 안 청소 마치고 빨랫감 모아서 세탁기에 넣으려고 뚜껑을 여니까…… 아! 이를 어째! 그랬었구나! 며칠 전, 우리 영감(아니 나만의 영감 ^^)이 체크무늬 남방이 없다면서 찾아보라고 했었다. 찾아보았지만 아무데도 없었다. 심지어는 가방 속까지 다 뒤져도 찾을 수가 없었다.

그래서 내가 눈을 흰 죽사발처럼 부옇게 흘겨보면서 "당신이 어디다 벗어놓고 온 거 아녜요?" 하고 쏘아붙였더니, 신랑은 서슬 퍼런 내 기세에 눌려 주눅 든 목소리로 "그럴 리 없는데…… 내가 그걸 어디다 벗어놓고 오겠어?" 우물쭈물…… "그럼 그게 어디로 가요? 으이구, 차암 내!"

우리 영감 그래서 딴 옷 입고 다녔는데 오늘 세탁기 열어보니까 찾고 찾던 그 남방이 세탁기 안에서 말라 비틀어져 쪼글쪼글해진 채로 붙어 있는 거다. 죄 없는 영감이나 만날 닦달해 대고 난 아무래도 악처임에 틀림없다.

그래도 요즘 쪼글쪼글한 옷들이 유행이지 뭐람! 난 얼마 전에 그 쪼글이 남방을 사서 입었다. 그러니 영감도 그 쪼글이가 된 남방을 입혀서 커플 쪼글이로 댕길까보다! 얼굴도 커플로 쭈글이…… 옷도 커플로 쪼글이…… 첨단 유행을 따라가는 우리 쭈글이 부부, 우히히히!

참, 빨리 쪼글이 옷 꺼내고 빨래해야지.

배낭에 대롱대롱 매달린 그것은?!

어머니께 팥죽을 쒀서 갖다드리려고 한 손에는 팥죽 통을 들고 어깨엔 무거운 배낭을 멨다. 도토리가루, 엿, 백김치, 메밀 부침개 등 어머니가 좋아하시는 것들을 잔뜩 집어넣은 배낭이 어찌나 무거운지 어깨가 뻐근할 지경이었다. 산에 가지 않을 때도 무거운 걸 갖고 가려면 배낭이 최고다.

차를 갖고 가려다가 기름 한 방울이라도 아껴야지 하는 생각에서 전철을 탔다. 부평역에서 기다리는 동생을 만나자마자 마침 들어오는 전철이 있어 후다닥 올라탔다. 자리가 없어 서서 가는데 앞자리에 앉은 아줌마가 날더러 "아주머니!(할머니라고 부르지 않은 그녀에게 복 있을진저!) 저…… 배낭에 뭐가 달라붙었는데요?" 머라카노 속으로 중얼대며 배낭 옆을 내려다보니……뜨아아~! 나 살려!

의자에 앉아 있던 승객들이 피식피식 웃었다. 아, 너무 창피해서 전철에서 내리고 싶었다. 배낭 옆엔 아는 이가 결혼기념일 선물로 사준 커플 팬티가 대롱대롱 매달려 있었던 거다. 그러니까 나오기 전에, 선물로 받은 커플 팬티 꺼내서 보며 신랑과 둘이 웃다가 그대로 소파 위에 뒀는데 배낭을 소파에 놓고 급한 마음에 서둘러 배낭 지퍼 올리다가 팬티에 달라붙은 상표가 낀 것이다.

동생이 한마디 한다.

"언니 가는 데 사건이 없으면 되겠수?"

백 원에 정신이 팔려서

아무리 허리가 아파도 설이 다가오니 한두 가지씩 미리 사둘 것도 있고 준비할 것도 있다. 백화점에 가서 줄줄이 이어져 있는 카트에 백 원을 '낑가' 넣고 카트 하나를 빼서 매장으로 밀고 들어갔다. 만두 속에 넣을 돼지고기도 사고, 숙주나물과 두부도 샀다. 더 사려다가 허리가 아프니 너무 무거우면 안 되겠다 싶어 그것들만 계산대로 밀고 가 계산을 하고는 카트 정리하는 데로 갔다. 백 원 꺼낼 생각만 머릿속에 꽉 차가지고 카트를 밀어 넣고 악착같이 백 원을 꺼냈다. 그러고는 코트 주머니에 손을 찔러 넣고 에스컬레이터를 탔다.

1층으로 올라가서 산더미처럼 쌓인 선물용 상품들을 구경하면서 백화점 문을 나서려다가 생각해 보니까 내가 맨손이었다. 아차! 돼지고기랑 두부를 담아놓은 채 카트를 갖다둔 거였다!

부리나케(허리가 아프니까 궁둥이 뒤로 빼고 오른손으로는 허리 집고 왼손은 속도 내느라 몹시 휘두르면서) 내려가는 에스컬레이터를 타고 지하로 내려가서 카트 있는 곳으로 갔더니, 휴~ 내가 갖다 둔 카트 뒤로 다른 카트가 세 개나 끼워져 있었다. 돼지고기 꺼내느라 애 좀 먹었다.

꽝 뽑고 웃음 주고

산행 장비를 사러 스포츠용품점엘 갔다. 점퍼를 하나 사고 계단을 내려오려는데 사람들이 줄을 서 있었다. 족히 50미터는 되어 보였다. 무슨 일인가 했더니 백화점 카드를 긁어 당첨이 되면 금 열쇠 두 돈 30명, 기념 촬영권 50명, 무슨 여행 몇 명, 화장품 몇 명…… 이런 식으로 사은품을 주는 행사였다.

그런 데에는 통 관심이 없던 내가 이젠 주책없는 할망구가 되어가는 건지 긴 줄 끝에 서서 차례를 기다렸다. 쇼핑 가방 손에 들고 다리도 아픈데 사람들 북새통에 끼어 진땀 빼질대며 기다리고 또 기다렸다. 드디어 내 앞에 몇 사람 남지 않게 됐다.

앞에 섰던 애기 엄마가 탄 것은 캔 커피 한 개였다. 그 엄마가 실망스러운지 "에게게, 이게 뭐야!" 하며 멋쩍게 웃었다. 바로 내 앞의 엄마도 캔 커피 한 개, 그 다음 사람은 샴푸 한 개…… 드디어 내 차례가 되었다. 가슴 두근거리면서(짭짤한 상품 차례가 오지 않았나 싶어서) 내 카드를 직원이 받아서 긁는 걸 지켜봤다.

화면에 불이 켜지면서 '당첨 확인중'이란 글자가 보였다. 잠시 후, 직원이 내 카드를 돌려주면서 "꽝입니다!" 이러는 거다. 캔 커피를 탄 아줌마가 날 보고 웃었다. 커피 타서 실망했다가 꽝인 날 보고 즐거웠나보다.

으이구, 그러면 그렇지, 내 인생에 지금까지 그런 거 뽑혀본 일이 없다. 제비를 뽑아도 난 늘 꽝이다. 오늘도 꽝을 뽑긴 했지만 그래도 나를 보고 위안들을 받았으니 오늘 건 완전 꽝만은 아닌 듯싶다.

그만 하기가 다행

그저께 우리 형제들이 모여서 어머니 계신 집을 말끔히 청소했다. 방이며 주방, 마루 등 구석구석 쓸고 닦았다. 꼬질꼬질 때가 끼어서 닦아지지도 않는 플라스틱 대야, 새카맣게 된 냄비, 뚜껑 꼭지가 떨어져 나간 주전자, 한 귀퉁이에 금이 간 컵, 그리고 어머니가 테이프를 붙여놓은 금 간 플라스틱 소쿠리, 손잡이가 떨어져 나간 냄비며 낡힌 프라이팬이랑 파리똥 앉은 상자랑 모두 치워버렸다.

플라스틱 종류는 재활용품으로 내놓을 수 있는 우리 아파트로 가져오기 위해 내 트렁크에 실었고, 태울 것들은 따로 모아 마당에서 훨훨 태워버렸다. 어머니께서는 연신 "저런, 저런!" 하셨다. 어머니께 죄송했지만 깔끔히 다 치우고, 다시 깨끗한 걸로 바꿔드릴 생각이었다.

그랬는데! 오늘 동생한테서 전화가 왔다. 어머니가 몸져누우셨다는 거다. 어머니가 그동안 모아두신 돈이 370만 원 있었는데, 그것을 둘 곳이 마땅찮아 신문지로 싼 다음 까만 비닐봉지에 넣어서 커튼 넣어둔 상자 속에 보관하고 계셨다고 했다. 그런데 대청소를 하면서 남동생이 그 커튼 다시 쓸 거냐고 물을 때 다들 이구동성으로 태워버리라고 한 것이다. 그 안에 돈이 있는 줄 모르고 말이다. 그래서 돈 370만 원이(10만 원권 30장과 현찰 70만 원) 고스란히 박스째로 불구덩이 속에 던져진 거였다. 그 사실을 오늘서야 안 어머니께서 동생한테 전화를 하신 것이다.

어머니께서 얼마나 애가 타고 속상하실까 생각하니 한시가 급했다. 자식들이 드린 돈을 쓰지 않고 한 푼 한 푼 모아두신 것이다. 그렇게 모은 돈은 자식 생일이나 증손자 학교 졸업이나 결혼 때 요긴하게 쓰실 거였다. 자식들이 드린 돈이니 더욱 가슴이 아프셨을 거다.

내가 내린 결론은 어머니께 그 돈을 찾았다고 말씀드리는 거였다. 그리고 내일은 내가 어머니께 가는 날이니 수표로 370만 원을 갖다드리기로 했다. 문제는 은행문을 닫은 시각이니 어디 가서 수표를 모은담.

어머니 애 닳아하실 생각을 하니 속이 바작바작 타 들어가는 듯했다. 집에 있는 돈을 가지고 잘 아는 단골 슈퍼에 가서 수표로 100만 원을 바꿨다. 동생들도 사방으로 수표를 구해서 액수를 채웠다.

우선 어머니께 "버리려고 내 차에 싣고 온 쓰레기 자루에서 돈을 찾았다"고 전화를 했다. 귀가 어두우니 잘 듣지를 못하셔서 같은 말을 몇 번이나 되풀 이해서 겨우 알아들으셨다.

"아이구 세상에! 그걸 찾았구나. 내가 오늘 온종일 하느님께 기도를 했다. 제발 찾게 해주시라고…… 이렇게 고마울 수가. 하느님께서 들어주셨구나! 아이구 하느님, 감사합니다! 감사합니다!"

어머니가 그렇게 기뻐하실 수가 없었다. 동생들하고 전화 통화하며 웃었다. 370만 원은 두 남동생과 내가 부담하기로 했다. 어머니께서 저리 기뻐하시니까 됐다! 이 세상에 돈 가지고도 안 되는 일이 얼마나 많은가! 어머니의 근심을 덜어드리니 참말로 좋다.

그나저나 이게 어쩐 일인지 모르겠다. 며칠 전엔 소매치기를 당해서 가방 찢기고 돈 잃고 이번엔 거금 태워버리고. 이럴 때 내가 잘 쓰는 말이 있다.

"그만하기가 다행이다!"

내 그럴 줄 알았다

아침에 영감이 헬스장까지 태워다준다길래 같이 나왔다. 그런데 영감이 핸드폰을 두고 나왔다고 했다. 그래서 차 빼는 동안 내가 핸드폰 갖다준다고 하고는 부리나케 올라가서 영감 핸드폰을 들고 나왔다. 잽싸게 차에 올라타고는 재잘재잘 떠들다가 헬스장 앞에 내렸다. 차가 막 떠나는 순간, 에그머니나, 핸드폰!

얼른 핸드폰으로 전화를 했겠다. 아, 내 주머니 속에서 울리는 영감 핸드폰 벨소리. 저만치 신호 대기로 서 있는 차를 향해 냅다 달렸지만 신호는 바뀌고 차는 그냥 떠났다. 하는 수 없이 영감 핸드폰까지 든 채 헬스장으로 향했다. 신발을 벗어서 신장에 넣는 순간, 에메메~ 한 짝은 하와이에 가서 사 신은 '사스 샌들'이고, 또 한 짝은 투박스럽게 생긴 '르까프 샌들'이네.

운동 끝나고 집으로 오면서 짝짝이 샌들이 영 신경 쓰여 걸음을 빨리했건만, 내 그럴 줄 알았다! 옛날 학부형을 길에서 만날 게 뭐람. 그 엄마 또 어지간히 입심이 세서 얘기가 끝나질 않았다. 한참을 얘기하다가 드디어 그 엄마 눈길이 내 발에 가 닿았다.

"헤헤헤~! 내가 신발을 짝짝이로 신고 나왔지 뭐예요."

그 엄마 한참이나 깔깔대고 웃었다. 이른 아침부터 웬 망신살! 그래도 신나게 웃고 나니 내 속도 덩달아 시원하다.

자신을
감격시켜라

40년간의 교직 생활을 마감한 뒤로는 내가 많은 사람들 앞에 설 일이 있을 거라고 생각해 본 적이 없다. 그런데 책을 한 권 낸 덕분인지 여기저기서 강연 요청이 들어온다. 어찌 생각하면 칠십 먹은 할머니 이야기를 들어주는 것만도 고마운데, 가서 이야기를 하고 나면 돈도 주니 감사한 일이 아닐 수 없다. 이제는 '우리 땅 걷기 모임'에서 가끔씩 안내 도반 노릇도 한다. 결혼식 주례도 서보았다.

처음에 이런 요청들을 받았을 때는 '내 주제에……' 라는 생각을 했었다. 그러나 생각을 조금씩 바꾸기 시작했다. 내가 가진 것을 나눠달라고 요청하는 그들에게 기꺼운 마음으로 응하리라, 내가 가진 것이 부족하다면 조금이라도 더 노력해서 채워 가리라, 대단한 것을 나눠야만 하는 것은 아니니 내가 가진 것을 최대한 정성껏 나누리라.

그렇게 생각을 하고 나니 잘해야 한다는 생각에서 좀 자유로울 수 있었고 다양한 사람들을 만나는 것도 나쁘지 않았다. 아니, 오히려 내 삶에 활력과 자극이 되고 공부도 되어 좋았다. 강연을 내 맘에 쏙 들게 한 날이면 스스로 대견스럽기도 하고 감격스럽기도 했다.

살면서 내가 나를 감격시키는 일은 얼마나 가슴 뛰는 일인가. 국토 종단이나 해안선 종주를 마쳤을 때에도 난 나에게 감격했다. 지도를 펼쳐놓고 그 멀고도 먼, 꿈에도 다시 걷기 힘든 굽이굽이 길을 바라보고 있자면 지금도 가슴

저 밑이 뜨끈해진다.

우리는 어렸을 적부터 나보다는 다른 사람을 감격시키는 데 익숙하도록 길들여졌다. 엄마 아빠를 감격시키고, 선생님을 감격시키고, 직장 상사를 감격시키고, 고객을 감격시키고, 주변 사람을 감격시키고! 그러느라 정작 자신이 감격할 새는 많지 않다. 점점 자기가 뭘 해야 좋은지도 잊어버리고 산다.

착한 사람일수록 우울증에 잘 걸린다고 한다. 그건 남들 감격시키고 사느라 자신을 감격시키지 못한 탓이다. 애들에게 맞추고, 시댁 식구들에게 맞추고, 남편에게 맞추고, 주변 사람들 눈치 보느라 자신의 가슴속에서 올라오는 소리는 대충 무시하고 산 까닭이다.

누구에게나 어릴 적부터 해보고 싶었던 일이 있을 것이다. 꼭 가져보고 싶었던 것도 있을 게다. 나이를 먹어도 사라지지 않고 가슴속에 남아 있는 것! 그것을 자신에게 선물해 주길 바란다. "경험하면 사라진다"는 말처럼 하고 나면 사라진다. 별것 아닌 일을 가지고 계속 결핍감을 느끼면서 살 필요는 없지 않은가?

내가 아는 한 젊은 친구는 아홉 살 때부터 갖고 싶던 피아노를 30년이 지나서 결국 샀다. 조금씩 돈을 모아 학원에도 등록했다. '피아노 통장'에 조금씩 돈이 모아질 때마다 얼마나 가슴 뿌듯했을까? 이처럼 갖고 싶은 것이 있다면 그 명칭을 따서 통장을 하나 만들어라. 돼지 저금통도 좋다. '인도 여행 통장'

'자전거 마련 통장' '한복 마련 저금통' '수영 강습 통장' …… 뚜렷한 목적이 있다면 푼돈도 짜임새 있게 쓰게 될 뿐 아니라 그것을 달성했을 때 스스로 감격하게 될 것이다. 자기가 원하는 것을 하나둘 이뤄나가다 보면 요즘 흔히들 하는 말로 '끌어당김의 법칙'을 더 잘 활용하게 되고, 그러다보면 불가능하다고 생각했던 일도 더 잘 이루게 될 것이다.

진짜로 원하는 것이 무엇인가? 위로의 말이 필요했나? 그렇다면 그 말을 스스로에게 들려줘라. "너는 충분히 사랑받을 만하다"고. "지금 이대로도 충분하다"고. "이제 시작해도 늦지 않다"고. 누군가에게 보살핌을 받고 싶었다면 일단 마사지라도 받아봐라. 아니면 사랑하는 사람에게 목욕을 시켜달라고도 해봐라.

감격리스트를 만들어보는 것도 좋다. 작고 사소하다고 생각되는 것도 괜찮다. 갖고 싶거나 해보고 싶은 일이 있다면 다른 사람이 아닌 자신에게 동의를 구해라. 그리고 온 우주를 향해 그것이 이루어질 수 있음을 믿고 선언해라. 작은 것 하나하나가 충족되고 나면 자신의 영혼 깊은 곳에서 더 깊고 더 크게 필요로 하는 것들이 알아서 차례로 고개를 들 것이다.

더 이상 미루지 말고, 더 이상 핑계 대지 말고, 스스로 감격시킬 준비를 해라. 그리고 하나둘 이뤄나가라. 지금, 바로 지금이 나를 감격시킬 가장 좋은 때다. 하늘은 언제 우리를 부르실지 모른다.

앗! 나의 실수 노인교통수당을 받다

노인교통수당 신청서?

이게 누구건가?...

잉? 내거잖아!

정신없는 할망구 기일 어기면 안 되지!

도장, 주민등록증, 통장을 챙겨들고
곧장 동사무소로 갔지만...

교통수당 받으러 가는
할머니 답게 (^^)

동사무소 앞을 한참이나 지나쳐
되돌아서 동사무소로!

할머니, 교통비는요   3개월에   한 번씩 나오는데
금액이 3만2천원예요.

하이고~
고마워요~

꾸벅

아!...
이제...정말 내가 노인이구나.

맞은편 백화점 단골 옷집

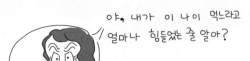

그러니 축하해 줘야해~
나 이제 전철도 공짜고
등산 갈 때 국립공원도 공짜야~
(그뿐인줄 알아? 미술관 갈때도
경로는 할인이야. 캬캬캬)

웃음끝에 눈가에 물기가 스몄다.

그래, 이제 드디어   내가 교통비를 타게 된
할머니가 된거다. 정신없이 사느라 내 나이를
잊고 살았다. 참 힘든 삶을 많이도 살아냈다.
가슴이 먹먹해졌다.

집으로 돌아오는 길에 벚꽃이
꽃구름처럼 피어 나고 있었다.

암, 웃어야지

오늘은 외출할 일이 있어서 머리 손질을 하려고 미용실에 갔다. 머리숱이 없으니 몇 올 안 되는 머리카락 만지는 헤어디자이너(요즘은 미용사라고 부르면 싫어한다)에게 미안하다. 몇 가닥 머리카락을 잘 살려서 모양을 내려면 숱 많은 머리보다 몇 배는 힘들 테니 말이다.

그래도 정성껏 만져준 덕에 그럭저럭 호박이 수박 비슷하게 됐다. 고맙다고, 수고했다고 치하를 하고 카운터로 가서 요금을 냈다. 미용실 아가씨가 옷장에서 내 외투를 꺼내서 입혀주며 물었다.

"선생님~ 핸드백 가져오셨어요?"

"네, 작은 백이에요."

아가씨가 옷장을 열어보더니 고개를 갸웃한다. 다른 아가씨를 부르고 다른 옷장도 모조리 열고 찾는데 없다!

"어머, 왜 없지?"

나는 드라이한 머리를 매만지며 우아하게 말하면서 핸드백 찾는 걸 지켜보고 서 있었다. 그런데 아까 외투를 받아준 아가씨가 "선생님, 백 안 가져오신 것 같아요. 아까 외투만 받았는데요" 이러는 거다.

가만…… 맞다! 머리만 하고 다시 집으로 갈 요량으로 핸드백은 두고 돈만 주머니에 넣고 나갔다. 아이구 내가 이렇다니까!

너무 미안해서 수도 없이 굽실대며 미용실 아가씨들에게 사과를 했다. 그전에도 툭하면 안경 벗어놓고 갔다가 찾으러 가고는 해서 내 건망증은 미용실에서도 다 안다. 그러니까 아가씨들이 화도 안 내고 모두 깔깔대고 웃었다.

집으로 돌아와 아침에 다용도실에 내놓은 육수를 살펴보니 굳어진 기름이 버터처럼 엉겨서 국물 위에 동동 떠 있다. 백화점에서 특상품 쇠고기 양지 한 근을 사다 폭 삶아 만든 육수였다. 큰 기름 덩어리들은 건져냈는데 작은 것들이 깨끗하게 건져지지 않아 그마저도 싹 건어내려고 망으로 된 자그마한 체에 육수를 받았다.

그렇게 하니까 작은 기름 덩어리까지도 체에 싹 건져졌다! 개운했다!

아~

그

런

데

.

.

.

남은 건 체에 받아낸 기름뿐이었다! 육수? 그거야 싱크대에다 대고 쏟았으니 육수는 수채 구멍으로 다 떠내려갔지 뭐. 너무 허망해서 하염없이 수채 구멍만 들여다봤다. 걸린 게 있나 하고.

크크크~ 이래 놓고도 웃음이 나온다우! 울면 더 손해 아니겠수? 암 웃어야지!

운다고 육수가 다시 채워지랴~ ♫

운다고 옛사랑이 돌아오랴~ ♫

어느 날 내 글을 읽는 이웃 블로거가 앰뷸런스 갖고 와서 나를 정신병원으로 실어갈지 모른다는 생각도 해보았다. 에휴~ 육수가 없으니 멸치 국물이라도 내야겠다.

재밌는 형부랑 살아서 좋겠수!

막내여동생한테서 전화가 왔다.

"언니! 그렇게 재밌는 형부랑 살아서 좋겠수!"

"무슨 말이야? 형부가 어쨌는데?"

"오늘 아침에 맞춤법이 죄다 틀린 문자 메시지가 온 거야. '막내처제! 서탄을 축하해. 새해엔 기븜이 넘치는 해복한 한 해가 되길 바래. 부그러운 형부가.' 이렇게 써 있더라구. 설마 큰형부일 리는 없겠고 작은형부가 했나보다 하고 작은언니한테 전화했더니 큰형부가 한 거라면서 작은언니한테는 끝머리에 형부가 보냄이라고 쓸 것을 '여부가 보냄' 이렇게 씌어 있더라고 해서 둘이 엄청 웃었다니까."

지난 동짓날에 손녀딸이 왔는데 그 애한테 영감이 문자 보내는 방법을 가르쳐달라고 했다. 나중에 잊어버릴지 모른다고 열심히 받아 적어가면서 설명을 들었다. 그러더니 문자 메시지 보내는 걸 연습하느라 내 핸드폰에다가 "여보, 사랑해요"라고 보내더니, '족보'(남편은 설명서를 족보라고 했다)를 들여다보며 큰며느리에게도 보내고 작은며느리에게도 보내는 거였다.

두 며느리가 애교 있는 답장들을 보내왔다. 그 맛에 급기야 처제들한테도 문자를 날린 거였다. 에구, 그러면 제대로나 쓸 것이지, 그렇게 오자투성이 문자를 보내서 처제들을 웃긴담. 하긴 칠순 넘은 남편이 돋보기 쓰고 꾸부리고 앉아서 한 글자 한 글자 족보를 들여다봐 가며 쓴 메시지니까 쓴 것만도 대견하게 봐줘야겠지?

남편이 웃으면서 자기한테 온 문자 메시지를 읽어보라고 주길래 읽어봤더니 손녀딸이 이렇게 써서 보냈다.

"할아버지! 연습 많이 하셔서 족보 없이도 문자 보내보세요."

오늘도 남편은 누구에겐가 또 문자를 보내고 있다.

그런 영감에게 마누라인 내가 뒤질쏘냐! 내가 엊저녁에 어느 블로그에 들어가서 답글을 달고 나왔는데 오늘 다시 들어가서 보니 내 답글에 또 덧글이 붙어 있었다.

"안나님, 오른쪽 팔이 아프신가요? '니리미디 문화가 디르고'라고 쓰셔서 뜻을 몰라서 한참 궁리했습니다."

이게 무슨 말인가 하고 어제 내가 쓴 답글을 읽어보니까 "나라마다 문화가 다르고"라고 써야 할 것을 그렇게 쓴 거였다. 이러니 우리 부부는 천생연분, 그 나물에 그 밥, 부창부수!

지깟 놈이 이래도 화낼터?

두 여동생과 함께 시골 어머니께 갔다. 밭에 계신 어머니께서 우릴 보시더니 환하게 웃으신다. 딸 셋이 갔으니 얼마나 반가우시랴!

옷을 갈아입자마자 숨 돌릴 짬도 없이 밭으로 나가서 고추를 땄다. 그런데 어머니가 걱정이 있다며 말씀하신다.

"애, 내가 인성 아범 난닝구를 삶다가 태웠다. 어쩌면 좋으냐?"

인성 아범은 바로 내 밑 남동생인데, 그놈이 성질머리가 좀 까탈스럽다. 지난번에 와서 일하다가 땀에 젖은 러닝셔츠를 벗어놓고 갔는데 어머니께서 그걸 빨아 삶으려고 불 위에 올려놓고 밭에 나갔다가 깜빡 잊고 태우셨단다. 옷이 망가진 걸 보면 얼마나 화를 내겠냐며 걱정이 태산이시다.

그래서 어머니더러 걱정하지 마시라고 하고는 그 러닝셔츠를 달라고 했다. 어머니는 그 탄 것을 버리지 못하고 깨끗이 빨아 착착 개두셨다. 타긴 했어도 삶아서 아주 뽀얗게 빛이 났다. 펼쳐서 보니 등판이 군데군데 타서 마치 우리나라 남쪽 다도해를 보는 듯했다. 어머니는 걱정이 태산 같으신데 딸 셋은 그 모양을 보고는 마구 웃어댔다. 웃다가 좋은(?) 생각이 떠올랐다. 타지 않은 부분에다가 매직으로 "축 발전"이라고 쓰고 그 밑에는 "불같이 번성하라"고 썼다. 남동생이 얼마 전에 회사를 새로 차렸으니까.

동생들이 낄낄대고 웃어댔다. 상황을 알아차린 어머니께서도 웃으셨다. 그러고는 이번엔 볼펜으로 쓰기를 "아우야, 누나가 네 난닝구 삶다가 태웠다. 아마 네 사업이 잘될 징조인 것 같다"라고 써서 어머니더러 동생 오면 주라고 했다. 지눔이 이걸 보면 화는 못 낼 거다.

횡재한 날

어제는 인터넷 뱅킹 신청을 하려고 은행에 갔다. 번호표를 빼들고 차례를 기다렸다. 사람이 많아 20분이나 기다려야 했다. 인터넷 뱅킹 신청하러 왔다니까 직원이 날 힐끔 쳐다본다. 쭈글쭈글 늙은 할망구가 인터넷 뱅킹 신청한다니까 그랬나보다. '얄민 넘' ……

일이 끝나고 은행을 나서서 한참 걸어오다 보니까 뭔가 허전하다. 고개를 갸우뚱하며 한참 더 걸어오다 백화점 앞을 지나는데 그제야 생각이 났다. 아차! 쇼핑백을 두고 온 거시여따!(당황하면 맞춤법이고 뭐고 없다.) 그 쇼핑백 안에는 이번에 지리산 갈 때 새로 사서 입고 갔던 등산 바지가 들어 있는데 너무 길어서 매장에 가서 줄이려고 갖고 나온 거였다. 그리고 또 동생 등산화 깔창을 샀는데 그것도 잘 맞질 않아서 바꾸려고 갖고 나왔고, 더 큰 일은 그 안에 지갑이 들어 있었던 것! 서류 작성할 때 의자에 앉아 쓰느라고 쇼핑백을 아래에다 내려놓고 그냥 나온 거였다.

얼굴로 열이 화끈 달아오르고 정신이 없었다. 냅다 뛰었다.(뛰어봤자 늙은이가 대가리만 앞으로 내닫지 몸뚱이는 그대로 뒤뚱대기만 했다.) 진땀 질질 흘리면서 은행 문을 들어서자마자 아까 그 자리로 내달았다. 어떤 '늙탱이' 할아범이 내가 앉았던 그 자리에 앉아서 일을 보고 있는데 그 가랑이 사이로 내 소중한 쇼핑백이 얌전히 "할머니, 저 여기 있어요" 하듯이 빠끔히 고개를 내밀고 있었다.

오, 내 사랑! 귀여운 것! 병아리 본 독수리처럼 날아 할아버지 다리 앞에 있는 가방을 집어 들었다. 아, 하느님 감사합니다. 은행에 일 보러 온 정직했던 모든 분들 감사합니다. 수도 없이 "감사합니다"를 되뇌면서 걸었다. 큰아들 생일 선물 사려고 갖고 나온 돈과 송금할 돈, 각종 카드들, 허이구 잃었던 것을 다시 찾았으니 큰 수입 잡은 것이 틀림없다…… 으흐흐~ 어찌나 기분 좋은지 며칠 뒤에 돌아올 며느리 생일 선물도 아주 존 걸로다 샀다. 그래서 되게 행복하고 기분 좋았다. 그런데 가만, 이게 횡재한 거 맞나?

찰떡 매니큐어

입맛 없으신 어머니를 위해서 새벽 일찍 일어나 찹쌀을 시루에 쪄서 인절미 뽑는 기계에다 넣어서 빼냈다. 뽑아낸 찰떡을 도마 위에 놓고 납작하게 모양을 잡은 다음, 들깨 볶아 갈아놓은 것을 뿌려가며 들깨 인절미를 길게 늘여서 칼로 나붓나붓하게 썰어 찬합에 담았다.

쫄깃쫄깃하고 고소한 게 맛있었다. 빨리 어머니께 갖다드릴 생각에 시계를 보니 9시가 가까웠다. 일찍 서둘렀는데도 시간이 꽤 갔다. 옷 갈아입으랴 떡

보따리 싸랴 부지런히 서둘러서 집을 나섰다.

날씨가 화창해서 오랜만에 옷도 화사한 걸로 입었다. 차를 가져갈까 하다가 짐도 별로 없는데다가 공짜 전철을 타야지 뭐 하러 기름 없애나 싶어서 전철을 탔다. 9시가 넘으니까 전철에 자리가 꽤 많았다. 지하철에서 멍하니 앉아 가기가 지루한데 집에서 책 가지고 나오는 걸 깜빡 해서 역에서 《샘터》를 한 권 사 자리에 앉자마자 읽기 시작했다.

전철이 영등포역에 섰을 때 사람들이 많이 탔는데 내 옆자리에 노신사가 와서 앉았다. 책 읽다가 흘낏 바라보니 깔끔한 차림에 중후한 느낌이 드는 신사였다. 아래를 내려다보니 회색 양복바지에 깨끗이 손질된 구두가 반짝였다. 다시 책으로 눈길을 돌리는데 그 신사가 말했다.

"아이구, 안경도 안 쓰고 글자가 보이세요?"

"네, 그런대로 읽을 만합니다."

"대단하십니다. 저는 안경 없이는 한 글자도 읽지 못합니다."

그렇게 시작한 대화가 이어져서 아예 책을 덮어버렸다. 그 노신사는 국문학을 가르치는 교수라고 했다. 나중엔 문학에 관한 이야길 했는데 내가 아는 내용이어서 좀 아는 체 교양 떨어가며 대화를 이어나갔다.

노신사가 학생들 얘기를 하는 대목에선 우스워서 호호 소리를 내며 웃었는데, 어려운 사람 앞에서 웃을 땐 입을 손으로 가리는 습관이 있는 나는 습관대로 그렇게 했다. 그런데 손으로 입을 가리며 웃다보니 손의 느낌이 이상하다. 그래서 손을 들여다보는 순간, 뜨아! 손톱마다 찰떡이 말라붙어 있는 거였다. 어떤 손톱엔 큰 덩어리로 붙어 있었다. 떡 만들고 나서 손을 씻는데 전화가 와서 전화받고 나서 마저 씻는다는 걸 깜빡 잊고 그냥 나선 것이다.

화사한 옷 빼입고 아끼는 핸드백 들고 온갖 얌전은 다 빼면서 우아를 떨었는데 손톱에 찰떡 덕지덕지 붙여가지고 있었으니…… 혼자 진땀 빼면서 두 손을 책 밑으로 숨겼다. 그 교수님 속으로 얼마나 웃었을까 몰라.

그나저나 할망구가 그걸 왜 속상해하는 거지? 퓌히히히~

안나의
즐거운
인생 비법
04 〉〉··

멋을 알면
인생이 맛있다

옛날 앨범을 뒤적이다가 사진 한 장을 찾아냈다. 사진을 들여다
보다 혼자 피식 웃었다. 연이은 사업 실패로 너무나 가
난했던 시절, 단칸방에서 네 식구가 사글세로 복닥거리며 살던 때의 사진이다.
두 아들은 녹슨 책상 아래로 머리를 두고 세로로 누워 자고, 우리 부부는 애들
발치에서 가로로 누워 자야 했다. 부부 싸움을 한 날도 피할 곳 없어 딱 붙어 잤
다. (부부가 빨리 화해하려면 좁디좁은 방에서 자야 한다.)

그렇게 살던 어느 일요일, 나는 부엌에서 부침개를 부치고 있었고, 남편
은 큰아들의 기타 반주에 맞춰 노래를 불렀다. 그 모습이 좋아 사진을 찍었던
것 같다. 그때 남편의 노래 부르는 모습이 성악가 오현명 씨 못지않다.

사진에 보이는 책상은 군데군데 녹이 슬어 있고 자세히 보면 책상 위에 낡
은 텔레비전도 한 대 보인다. 텔레비전은 너무 낡아서 수시로 지지직거리며 화
면에 파도를 그리곤 했다. 장롱은 하도 이사를 다녀서 다 낡고 망가져 문을 한
번 열라치면 드드드득~! 하는 소리가 길 밖에까지 들렸다. 부엌문 옆은 연탄
쌓는 곳이었는데 열 장 이상 쌓아본 기억이 없다. 사글세 내기도 버겁던 시절이
었다.

그런데 기타와 노래라니! 그랬다. 그렇게 가난한 속에서도 우린 행복했
다. 이해와 보살핌으로, 살가움으로 그 어려움을 견뎌냈다. 그럴 수 있었던 건
생활은 궁핍해도 마음까지 강팍해지지는 않았기 때문인 듯싶다.

동대문 창신동의 문간방에 사과 궤짝 하나 들여놓고 살 때도 그 안에서 누릴 수 있는 작은 기쁨들을 찾아 누렸다. 일요일이면 주인 집 안마당 수돗가에서 눈치를 봐가며 빨래를 하곤 했는데, 추운 겨울날, 찬물로 빨래해서 널고 석유 곤로에 주전자 얹어 물 끓여서 커피를 한 잔 마시곤 했다. 잔도 없어 밥그릇에 타서, 연탄 아끼느라 불구멍을 막아 겨우 냉기만 가신 방에 이불을 어깨까지 덮어쓰고 앉아 마시는 커피 한 잔이 그렇게 좋을 수가 없었다. 따뜻한 스테인리스 밥그릇을 언 두 손으로 만지며 코끝에 스미는 커피 향을 맡노라면 더 바랄 게 없을 정도로 좋았다. 그 시절 라디오에서 자주 흘러나오던 〈알함브라 궁전의 추억〉은 지금도 기억에 새롭다.

월급날이 되면 갚을 빚 갚고 몇 푼 남지 않은 돈으로 지금은 없어진 종로서적에 들러서 시집도 한 권 사고 경동시장에 들러 팔다 남은 떨이 장미를 한 단 사는 것도 내가 누린 호사였다. 남들은 그랬을 거다. 그 지경으로 살면서 시집이라니, 장미꽃이라니! 실제로 나를 보고 어이없어하는 사람도 있었다.

그러나 아이 낳고도 연탄 한 장 없어 냉골에서 지내고, 쌀이 없어 메주콩을 불려 배를 채우고, 그 후로도 20년이 넘도록 빚 갚는 일은 계속 되었지만, 그 길고도 어두웠던 시절을 절망하지 않고, 웃음을 잃지 않고 살 수 있었던 건 그런 여유를 부릴 줄 아는 낭만의 힘이었다고 생각한다. 어렵다 어렵다 했으면 더 어려웠을 것이고, 그것은 끝내 우리의 마음까지, 영혼까지 갉아먹어 결국엔 부부가 서로를 미워하고 원망하는 상황에 이르게 되었을지 모른다. 아이들은 아이들대로 불안하고 불행하다고 느끼며 자랐을 것이다.

어려운 고비가 생길 때마다 나는 나를 위로했다. '그래, 괜찮아. 이만하기가 얼마나 다행이야? 우린 이겨낼 수 있어.' 이렇게 긍정적으로 생각할 수 있었던 건 그 안에서 삶의 멋을 찾으려 했던 나의 긍정성 때문이지 싶다. 시 한 편, 꽃 한 송이, 말 한 마디, 노래 한 자락, 커피 한 잔…… 소소하지만 아름답고 긍정적인 기운을 담은 그것들이 나를 다독이고 어루만져준 것이다.

돈이 많고 적음도 우리를 슬프게 할 수 있지만, 그보다 더 슬픈 일은 그로 인해 우리의 마음이 가난해지는 것일 게다. 김치만 넣은 김밥을 싸서 근무중인 학교로 찾아온 남편의 정성과 낭만이 나를 부유하게 했고 우리 식구들의 마음을 넉넉하게 했다.

멋 내고 살자. 돈이 있어야 멋 부릴 수 있는 거 아니다. 시간이 많아야 그럴 수 있는 것도 아니다. 그렇게 살고자 하는 마음을 내면 된다. 오늘 저녁 밥상에 꽃 한 송이 물에 띄워 올려놓아 보자. 조용한 음악 틀어놓고 차 한 잔 준비해서 식구들을 초대해 보자. 남편의 외투 주머니에, 아이의 가방 속에 따뜻한 말 한 마디 적은 쪽지를 넣어두는 것도 좋겠지. 생활 곳곳에 이런 마음이 담긴 선물을 넣어둔다면, 그것을 발견할 때마다 삶은 보물찾기 같아지지 않을까? 오늘을 멋있게 가꿀 줄 아는 사람이라면 내일의 삶이 쫀득쫀득 맛있을 것이다.

넘 안됐다, 울 신랑!

난 딴건 다 잘(?) 하는데 다림질은 영 싫다!! ^^

주례를 선다는 우리 신랑의
바지를 정성껏 다리는 나.

행여 줄이 두개
생길까 조심조심~

푸슈 푸슈

호웃~   호웃~

자~
아주 새 양복같이 잘 다렸네!

그날저녁···

당신!

양복 바지를 어떻게
다린거야?

왜요?

이 바지 좀 보라구!

···0

짝!

뭘···

흘끔

#푸하하하!

흐느적~ 빳빳 빳빳

아, 글쎄 바지 왼쪽은 다리고
오른쪽은 안 다린 거야!

뒤쪽은 양쪽 다 다리고
앞쪽은 왼쪽가랑이만 다린거지!

그래도 여보♡♡
4분의 3은 다렸잖아?

그럴려면 차라리 뒷쪽을 안다렸어야지!

한쪽은 칼날같이 줄을 세워 놓고
한쪽은 다림질 자국 하나없는
두루뭉술한걸 입었으니 내참...

쭈글
쭈글

이런 칠푼이 마누라랑 사는 영감이
참으로 딱하고 안됐다.
그래도 어쩌랴. 서로 사랑하는 것을.

무슨 커피요?

오후에 책을 읽다가 거실로 나가보니까 남편이 소파에 앉아서 돋보기를 쓰고 책을 읽고 있었다. 차라도 한 잔 줄까 하고 "커피 드려요?" 했더니 "좋지!" 하며 책을 덮었다.

커피포트에, 아는 분이 독일에서 갖다준 원두커피를 내려서 마셔보기로 했다. 밀봉한 커피를 뜯으니 신선한 커피 내음이 향긋하게 코끝을 맴돈다. 참 좋다.

커피 두 스푼을 커피포트에 넣고 물을 붓고 내리기 시작했다. 커피 내리는 시간을 진득하게 기다리지 못하고 방으로 들어와서 읽던 책을 들었다. 이청준 님이 쓴 《그와의 한 시대는 그래도 아름다웠다》를 읽는 중이었는데, 마침 이청준 님이 문우 홍성원과 김원일 씨랑 같이 독도를 여행하는 대목이었다. "여행길을 함께 하다보면 사흘 안에 싸우지 않는 사람이 드물다는 말이 있다"라는 글로 시작되는 이야긴데, 독도를 여행하면서 홍성원 씨랑 싸운 이야기가 정말 재밌었다. 책에 빠져 있다가 물을 마시려고 주방으로 가는데 남편이 말한다.

"여보! 나 커피 안 줘요?"

이러는 남편더러 내가 어리둥절해서 물었다.

"무슨 커피요?"

"……??"

남편이 나를 멀거니 바라봤다. 그때서야 커피 생각이 나서 커피포트 있는 곳으로 가서 보니 커피는 이미 다 내려져서 식어가고 있었다!

"어머머! 미안해요."

급히 커피를 잔에 붓고, 예쁜 병에 담아둔 설탕을 꺼내서 한 스푼 듬뿍 넣고 살랑살랑 저어서 쟁반에 받쳐서 갖다주었다. 나는 설탕 없이 커피만 따라가지고 남편 옆에 가서 앉았다.

남편이 커피를 한 모금 마시더니 급히 화장실로 가서 양치질을 한다. 왜 그러냐니까 나더러 커피 맛 좀 보란다. 남편이 마시던 커피를 한 모금 마셔보다가 나도 화장실로 달려갔다. 아! 짜디짠 커피! 어찌나 짠지 왕소금과 재판을 해도 이길 판이었다. 설탕을 친다는 게 소금을 듬뿍 쳤나보다. 그래도 남편이 화를 안 내니 고맙기만 하다.

나도 여자다!

책 읽으면서 뒹굴다가 국수가 먹고 싶어서 슈퍼에 가서 국수 한 봉지 사가지고 오는데 초등학교 2학년쯤 되어 보이는 '넘' 둘이서 나 지나가는 걸 보더니 한 넘이 "와! 내가 이겼다!" 하니까 또 다른 넘이 "아니다, 저건 여자 아니다"(고얀 넘!) 이러고 있다.

"아니다, 할머니도 여자다."(이쁜 넘)

가만 보니까 남자가 더 많이 지나가나 여자가 더 많이 지나가나 내기를 하는 모양이었다. "이 놈아! 나도 여자여!" 하면서 꿀밤 한 대 먹여주고 싶은 걸 억지로 참았다.

집에 와서 국수 삶아 건져 그 위에다 배추김치와 참기름 넣어 무치고, 김 바삭바삭하게 구워 얹어갖고 조물조물 무쳐서 배 꿰지게 먹었다. 여자가 아니든 말든 간에……

새로운 패션 신발

시골에 계신 어머께 가면서 어머니 좋아하시는 콩죽을 해드리려고 불린 콩에다가 커터기, 고운 체, 찹쌀가루와 멥쌀가루를 챙기고 명란젓과 고구마도 챙겼다. 그 전날 콩을 갈아서 가져가면 덜 번거로웠을 테지만 어젠 너무 피곤했다.

몇 번을 들락거려 차 트렁크에 싣고 나서 출발을 했다. 서울에 도착해서 동생들을 태웠다. 가다가 문득 어머께 카스테라를 사다드려야겠다는 생각에 차에서 내려 빵집으로 들어가는데 뒤따라오던 막내동생이 깔깔대고 웃는다. 동생 가리키는 손가락 끝을 따라가보니 신발이 짝짝이였다. 빵집 아가씨도 내 신발을 보더니 죽어라 웃어댔다.

그렇게 가다가 마트에 들를 일이 있었는데 동생은 나더러 차 안에 있으랬지만, 난 당당히 차에서 내렸다. 보려면 보라지. 짝짝이 신발 신었다고 마트에서 손해 날 것 있냐?

"언니는 짝짝이 신발 신어도 이상한 할머니로는 보지 않겠어. 눈빛이 또랑또랑해서 말이야."

눈빛이 또랑또랑하단 동생의 말에 기분이 좋았다. 그래서 쭈뼛거리지 않고 보무도 당당히 들어가서 밀가루며 두부랑 국수랑 샀다. 유기농 사과 파는 곳에도 갔다. 역시 짝짝이 신발 때문에 농장 주인도 웃었다. 많은 사람 웃기니까 보람(?) 있었다. 크크크!

어머니를 뵙고 집으로 돌아오려는데 내가 드린 실크 누비이불을 한사코 가져가라 하셔서 도로 가져오게 되었다. 어머니 마음을 안다. 어머니 돌아가시고 나면 그곳에 있던 것들이 죄다 께름칙해질 테니까 쓰지도 않은 멀쩡한 것들, 생존해 계실 때 가져가라는 어머니 속마음을 왜 모를까?

차 키를 가지러 간 동생 기다리며, 이불 보자기 들고 짝짝이 신발을 신은 채 어머니 생각에 처량 맞게 마당에 서 있으려니까 막내동생이 이런다.

"언니, 이불 보따리 들고 짝짝이 신 신고 그런 표정으로 있으니까 요양원 가려는 치매 할머니 같아!"

사실 짝짝이 신발만 신고 간 게 아니라 지갑도 놓고 가는 바람에 돈이 한 푼도 없어 물건 사는 것뿐 아니라 차 기름 넣는 것까지 동생들이 다 해줬다. 손해 난 건 없지만 좀 불편하긴 했다.

에그그, 내일도 또 외출해야 하는데 무슨 실수를 또 저지를지, 나도 무~시~무~시~하다.

여보! 나 없을 때 국 끓일 생각 말아요

오곡밥과 온갖 나물을 했다. 찹쌀과 콩, 팥, 차조, 수수를 섞어서 지은 오곡밥은 윤기가 자르르 흐르고 고슬고슬한 게 맛있었다. 막내 시누이네 식구와 시어머님 넉넉히 드시라고 큰 그릇에 오곡밥을 퍼 담았다. 나물은 고사리, 취나물, 가지, 고구마순, 시래기, 콩나물, 다래순, 무채 볶은 것 등을 들깨 볶아 갈아서 넣고 갖은 양념해서 찬합에다 차곡차곡 담고 생선도 챙겨 넣었다. 그리고 냉동실에 얼려뒀던 쌀가루를 꺼내서 불려놓은 검정콩을 듬뿍 섞어 콩시루 떡도 한 판 쪄 자르지도 않고 그대로 식지 않게 싸 넣었다. 새로 담근 열무김치도 챙겼다.

그렇게 하고 막 집을 나서려는데 작은아들네가 4시까지 온다고 했다. 지난해까지는 처갓집에 가서 오곡밥을 먹었는데 올해는 갑자기 우리 집으로 온다는 것이다. 오곡밥 한 것은 한 그릇만 남기고 죄다 시어머님께 갖고 가려고 싸놨으니 애들 오면 먹일 오곡밥이 없다. 오곡밥을 또 하는 수밖에 없었다. 팥은 미리 삶아놔야겠다 싶어서 부랴부랴 팥을 또 냄비에 앉혔다. 빨리 나가긴 해야겠는데 팥이 약간 덜 물렀다. 그래서 옷 갈아입을 동안이라도 더 삶으려고 놔두고 옷을 갈아입는데 남편이 차 시동 걸어놓는다고 미리 나갔다. 마음은 급하지 옷은 갈아입어야지 남편 밖에서 기다리지 허둥지둥 오곡밥 보따리를 들고 나가서 차에 올랐다. 집에서 시어머니가 계신 학익동까지는 30분이 걸린다.

시어머니께서는 가지고 간 열무김치와 오곡밥과 떡을 아주 달게 잡수셨다. 다 드시는 것 보고 나서 차도 마시고 얘기도 나누다가 집으로 돌아왔다.

현관문을 여는 순간!! 연기가 집 안에 자욱한 게 거실은 온통 연기에 싸여서 아무것도 보이지 않았다! 급히 주방으로 달려가 보니 가스레인지 위에 팥 냄비가 그때까지 그러니까 무려 두 시간이나 올려져 있었던 거다.

불을 끈 다음 냄비를 보니까 뚜껑이 달라붙어서 열리지도 않았다. 너무 한심하고 기가 막혀서 망연자실 서 있으니 남편이 뒤에 와서 "이만하기가 다행이지 뭘 그래. 괜찮아!" 하며 위로를 했다. 그래도 너무 속상해서 눈물까지 났다. 다 망가진 냄비를 수세미로 닦고 또 닦으며 눈물을 닦았다.

저 냄비야말로 태워도 망가지지 않는다는 코팅 100퍼센트의 최고로 비싼 냄비였다. 저 냄비를 살 때 얼마나 비쌌으면 가슴까지 두근거리며 용기내서 태심太心(큰맘. '태심'은 내가 맘대로 만들어낸 말이다) 먹고 샀는데.

여하튼 간에 집 안에선 온통 탄 냄새가 배어서 머리가 아팠다. 그래도 팥을 다시 또 꺼내서 삶았다. 아무리 속상해도 작은아들네 오곡밥은 다시 지어야 하지 않겠는가. 손녀딸이 중학생 교복 입고 방실대며 들어서는 바람에 속상했던 거 다 날려버리고 즐겁게 저녁을 먹었다.

아들네가 돌아간 뒤 냉장고를 열어보니 설 때 누가 사다준 탐스러운 수삼이 몇 뿌리 있었다. 어떻게 할까 하다가 남편에게 달여 먹이기로 했다. 수삼 한 뿌리를 깨끗이 씻어 넣고 대추 열 개, 영지버섯 세 조각과 함께 커다란 코닝 냄비에다가 물 잔뜩 붓고 불에 올려놨다. 그러고는 새로 산 책 박완서 씨의 《호미》를 들고 소파에 누워서 읽기 시작했다. 그러다가 어느새 잠이 들었다.

잠결에 들으니까 남편이 "이건 뭐하는 거지?" 하는 소리에 깜짝 놀라서 주방으로 가보니 이이~아! 노릿노릿하게 구워진 인삼과 대추! 물은 한 방울도 없었다! 남편이 아무 말도 하지 않았다.(속으로 못마땅했겠지?) 그러고 나서 관뒀으면 얼마나 좋아! 초저녁부터 잤으면 얼마나 좋았겠나!

잠이 없으니 주방에서 얼쩡거리다보니까 쇠고기 미역국이 한 그릇쯤 남은 거다. 그냥두면 쉴까 싶어서 한소끔 끓여두려고 또 불에 올려놨다. 그러고는 소파에 앉아서(그놈의 소파를 없앨까 궁리중이다) 새로 시작했다는 드라마를 봤다. 한참 재밌게 보는데 어디선가 고소한 냄새가 났다. 그래도 생각을 못하고 드라마를 보고 있는데 이번엔 바지직바지직 소리가 났다. 그제서야 아차 싶어서 주방으로 달려갔더니 냄비 안엔 다시마튀각처럼 생긴 미역 쪼가리가 냄비 바닥에 붙어 있었다. 아, 이만하면 정말 태우기의 고수다!

한심한 인간을 볼 때 이렇게들 말한다.

"으유! 저걸 낳고 즈 에미가 그래도 미역국은 먹었겠지?"

우리 어머니께선 왜정 때 물자가 귀해서 미역국은 구경도 하지 못하셨다고 한다. 그러니까 우리 어머니나 나한테 그딴 말하면 안 된다!

암튼 이 날 태운 게 팥, 인삼, 미역국…… 이걸로 끝이냐? 아니다. 또 있다! 한밤중에 사랑을 불태웠다! 칠십 고개에 이르면 사랑을 불태운다는 게 고작 '손만 잡고 자는 거'지만.(ㅎㅎㅎ)

오늘 아침에 남편이 출근하면서 나한테 말했다.

"여보! 나 없을 때 국 끓일 생각 말아요. 내가 와서 끓일게요!"이제 내가 바야흐로 불을 쓸 일이 없게 되나보다. 이래서 내가 편해지려나? 팔자는 자기 하기 나름이라더니 편해지는 것도 가지가지다!

나한테 술 권하기 없기

어느 해 겨울 선생님들하고 부산 해운대에 갔다. 바닷가를 거닐다가 멀리 보이는 조선호텔 불빛을 보고는 거기 커피숍에 가서 차 한 잔 하자고 했다.

그래서 갔는데 선생님들이 커피는 무슨, 그러더니 칵테일이나 한 잔씩 하자는 거였다. 내가 칵테일 이름 아는 게 있을 게 뭐람. 그래서 메뉴판을 들여다보니까 '블루 마가리타'가 근사해 보이길래 그걸 시켰다.

제각각 시킨 칵테일이 나왔는데 다른 이들 것은 앙증맞은 유리잔에 더 앙증맞은 양산 장식이 되어 있는데 내 것은 막걸리 대접같이 생긴, 테두리가 넙데데한 유리 그릇에 담긴 비취색의 술이었다. 한 모금 조심스레 마시니 "이그그 ~ 쓰기도 해라!" 게다가 대접 주변에 발라진 하얀 가루가 뭔가 했더니 그게 소금이었다. 칵테일 안주가 유리 그릇 둘레에 발라진 소금인 거였다.

맛은 쓰지만 그래도 돈 생각하니 아까워서 홀짝홀짝 조심조심 3분의 1 가량을 마셨다. 곧 어깨가 묵직하니 무거워지면서 온몸에서 기운이 쏘옥 빠져나가는 거 같았다. 다음 순간 호흡이 가빠지더니만 토할 것 같았다. 그래서 "나 화장실에 갔다 올게" 하고 일어섰는데 몇 걸음 걸어간 것까지만 기억이 난다!(아참, 그때 생음악으로 헝가리 무곡이 흘러나왔었지! 취중에도 그건 기억난다.)

그대로 홀 중앙 바닥에 꽈다당 나자빠진 거였다. 정신이 들어서 보니까 웨이터와 선생님들이 비잉 둘러서서 들여다보고 있는 거였다. 나중에 알고 보니까 내가 마신 칵테일은 '데킬라'가 섞인 술로 가장 독한 칵테일이라나?

하여튼 간에 난 주량이 소주 3분의 1잔, 맥주 한 모금이다. 고거나마 마시고 나면 목덜미부터 얼굴 전체가 온통 팥죽색이 된다. 모임에 가서 내가 술을 못 마신다고 하면 "내숭 떤다" "뺀다"며 밥맛 없어하고 눈 흘기니 난 너무 억울하다. 난 정말 술을 한 잔 하고 싶지만 할 수가 없다. 그러니 나한테 술 권하지 않기, 노래시키지 않기다! 술 권하고 노래시킴 '안나'는 '안 나' 간다.

주책없는 알람시계

그날 아침 출근은 다른 때보다 좀 늦었다. 핸드백 안에다가 도시락과 책, 먹다 남은 비스킷 등등을 주섬주섬 휩쓸어 담고 냅다 뛰어 전철에 올라탔다. 후유~ 이젠 됐다 싶어 여유 있게 책을 꺼내 들고 읽으며 갔다.

그런데 구로쯤에서 난데없이 귀에 익은 알람시계 소리가 들리는 거다. 그것도 경쾌한 〈루돌프 사슴 코〉가 아니라 건전지가 다 닳아서 소리가 늘어진 〈루돌프 사슴 코〉!

"루돌프 사~슴 코는 매우 반짝이는 코~~ 띠띠띠 띠~띠~띠띠~띠띠 띠 띠~띠~띠~이이이~~"(〈루돌프 사슴 코〉 가사에 맞춰서 아랫줄 띠띠띠를 불러보시면 알 것이다!)

　황급히 낡고 깨진 알람시계 '대가리'를 사정없이 눌러 끄긴 했지만 그 상황이 어땠겠는가! 그러니까 핸드백에 이것저것 휩쓸어 넣을 때 알람시계까지 넣은 거였다. 건전지가 다 닳은 알람시계가 만원 전철 안에서 주제 파악도 못한 채 한 곡조 부른 거다. 아, 그때 난 너무 창피해서 책이 머리에 들어오질 않았다. 옆자리에 앉았던 사람이나 앞에 섰던 사람이나 모두들 웃어댔다.

　흐이구~ 나 이러구 다녔어염~

안나의
즐거운
인생 비법

05 〉〉··

걸어라

2008년 4월 초, 우연히 어떤 인터넷 카페에 들어갔다가 100킬로미터 걷기대회가 있다는 걸 알았다. 처음엔 잘못 본 줄 알았다. 26시간 동안 자지도 않고 걸어서 100킬로미터를 완주하는 울트라 걷기대회라…… 이런 말도 안 되는 대회가 다 있다니 하고 생각했는데, 다시 생각해 보니 누군가 하는 사람이 있으니 이런 대회도 있는 게 아닌가 싶었다. 더 늦기 전에 한번 해보고 싶어 남편의 반대에도 불구하고 도전해 보기로 했다. 여자 중 60대 이상은 나 혼자였다. 결과는 참가자 130명 중 46등으로 완주!

그날 75킬로미터 지점 체크 포인트에서 쉬고 있을 때, 한 무리의 남자들이 모여 앉아서 어떤 아저씨의 자랑을 듣고 있었다. 그 아저씨는 자기가 지금까지 2천 킬로미터를 걸었다고 했고, 그 얘길 듣고 있던 사람들은 모두 감탄했다.

나는 가만히 내가 걸은 거리를 따져봤다. 국토 종단 800킬로미터, 해안 일주 4천 킬로미터, 산티아고 순례길 800킬로미터, 이것만 해도 5,600킬로미터다. '우리 땅 걷기 모임'에서 걸은 건 또 얼마며, 매일 아침 운동삼아 걸은 거리는? 게다가 매일 지하철 잘못 내려서 걸은 거리까지 합하면…… 그래서인지 100킬로미터를 걷고도 발바닥은 멀쩡했다.

어쩌면 내 걷기는 열한 살이던 1·4 후퇴 때로 거슬러 올라가야 할지 모르겠다. 대구로 피난을 갔는데 아버지는 소식을 모르고 어머니는 아픈 동생을 돌보느라 내가 대구역까지 걸어가서 피난 온 철도 공무원 가족에게 주는 배급

쌀 두 말을 받아와야 했다. 왕복 30리 길을 열한 살짜리가 쌀 두 말을 머리에 이고 걸은 것이다. 중간에 너무 무거워서 쉬기라도 하면 쌀을 다시 머리에 올려놔 줄 사람이 없어서 사람이 지나갈 때까지 기다려야만 했다.

그 걷기는 중학교에 들어가서도 이어졌다. 매일 40리 길을 사범학교 마칠 때까지 꼬박 6년을 걸어다녔다. 학교까지 가는 둑길엔 봄부터 가을까지 온갖 들꽃이 피었다. 그 길은 어머니께 꾸중을 듣거나 성적이 떨어졌거나 친구가 야속하게 느껴질 때 마음을 달래는 장소이기도 했다. 또 등하굣길에 다른 학교 남학생들과 앞서거니 뒤서거니 하며 수줍음에 얼굴 붉힌 길이기도 하다.

내가 예순다섯에 국토 종단을 한다고 나섰을 때, 주변 사람들이 그 나이에 불가능한 일이라고 말렸지만 무사히 해낼 수 있었던 것이나 예순일곱에 해안 일주를 할 수 있었던 것은 어쩌면 이때부터 단련된 힘 때문일지도 모른다.

걷기가 나에게 준 선물은 참 많다. 튼튼해진 두 다리뿐 아니라 소박하고 감사할 줄 아는 마음도 생겼다. 먼 길을 걷다보니 내가 원하는 때에 식당이나 잠자리가 딱딱 맞춰 나타나주지 않자 나중엔 그저 배고픔을 해결할 한 그릇 밥에 김치 한 가지로도 만족할 수 있었고, 내 몸 하나 뉘일 잠자리면 어디고 족했다. 정말 감사했다.

또 혼자서 걷다보면 그것 자체로 명상이 되고 치유가 된다. 지금도 마음이 울적하거나 화가 날 때 길을 나서서 걷는다. 화가 머리끝까지 나거나 풀리지 않는 근심거리도 길을 나서 걷다보면 눈 녹듯 사라지고 마음이 텅 비어진다. 이 뉴이트 족은 증오심이 생기면 용서의 마음이 생길 때까지 걷는다고 한다. 워낙 추우니까 조금 걷다가 금세 돌아와서 화해를 했을 수도 있겠지만, 어쨌든 걷는 일은 그만큼 사람에게 자신을 돌아보게 하고 치유하게 하는 힘이 있다.

과거에 워낙 없이 살고 빚에 시달리다보니 가까운 사람들에게조차 자존심 상할 일들을 많이 당했다. 어렵게 살던 시절의 힘듦보다 더 오랫동안 나를 괴롭혔던 건 그들이 용서되지 않는다는 거였다. 아무리 성당에 가서 고해성사를 해도 소용이 없었다. 그러던 내가 그나마 마음 가볍게 털어낼 수 있었던 것도 길 위에서였다.

단 며칠이라도 좋으니 혼자 낯선 길에 서보라고 말하고 싶다. 가장 정직한 자신과 만나게 될 거다. 나 역시 예순 넘어 길 위에 나를 부려놓았을 때, 다시 한 번 내 인생의 방향에 대해 생각해 볼 수 있었으니까. 그리고 정말 소중한 것이 무엇인지 어렴풋이나마 알 수 있었으니까.

혼자 길을 걷다보면 나뿐만 아니라 모든 것이 혼자 걷고 있음을 알게 된다. 꽃도 홀로 피어 제 길을 걷고 있고, 새들도, 나무도, 돌멩이도 모두 제 길을 혼자서 단단하게 걷고 있음을 알게 된다. 그러나 제 길을 홀로 걷는 이 모두는 한 우주를 나눠가진 또 다른 나임을 알기에 그 외로운 치열함이 쓸쓸하기보다는 눈물겹도록 아름답고 눈물겹도록 고맙게 느껴질 것이다.

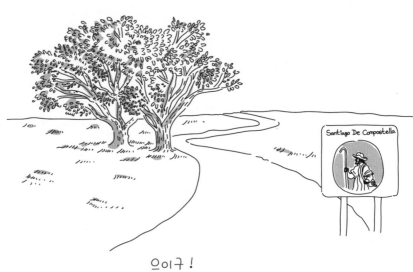

집에서 새는 바가지
밖에서는 안 새랴

스페인 산티아고 길을 걷는다고 어찌 실수가 없었으랴!

Santiago De Compostella

으이구!
실수를 않는다면 '안 나'가 아니지~

떠날때 가져간 빤스 세개.

젖은 빤스를 말리려고
배낭에 매달고 다니다가
하나를 홀랑~

알베르게 (순례자들이 묵는숙소) 에서 빨아 널고는
두고 나와 또하나를홀랑~

어쩔것이냐!

이제
남은 건
달랑 한개!

마지막
빤스!

야! 너 빤스 한개
여분 없냐?

태연~

아니지!

훽~

아무리 난감해도 그렇지 시어멈이
며느리더러 빤스 남으면 달라는
소리를 어떻게 하겠나!

하는 수 없이…
하나 남은 빤쓰를

부들 부들

오이지 짜듯이 손목이 부들부들
떨릴정도로 꼬옥~ 짜서는

꾸~욱

수건과 함께 접어서
다시 한 번 또 짜서 입기!

하지만 잘 마르지 않아
배가 살살 아파!

손수건을 기저귀 처럼 접어서
옷핀으로 양 쪽에 꽂고 빤쓰속에 넣고 다니기!
(에구 남성분들은 읽지 마시라)

간신히 빤쓰를 살 만한 고장에 도착~!

아이구, 엄마
진즉에 말씀 하시죠.
그럼 제 것을 드렸을텐데~
사 다드릴께요~

며느리가 사 온 빤스!
유럽 사이즈! T자형!

밑바닥은 조붓하고 양 옆은 너무 가늘고
끈 하나 달린 빤스같아!

게다가 걸을땐 또 어떻구.

쭈우욱~

쫀밧한 빤스가 똥꼬 속으로다가
자꾸만 파고들어 ⵁⵁⵁ

간간이 누가 보나 안보나 살핌서
바지 위로 빤스를 잡아 당겨서 빼냈다!

걷기도 힘든데다가 그짓까지 했으니!
그래도 버리긴 아까워서

스페인 여행 기념으로 보관중!!! 흥흥흥

아무리 유연한(?) 몸이라지만

몸살이란 걸 십여 년 만에 앓고 있다. 입안이 소태같이 써서 밥을 먹는 둥 마는 둥 앓고 있으니 엊저녁에 아는 선생님이 우거지 내장탕을 한 냄비 끓여다 줬다. 살이 많이 달라붙은 쇠뼈가 먹음직스러웠다. 한 숟가락 맛을 보니 어머니가 딱 좋아하실 맛이다. 서울에 올라오신 뒤 건강이 안 좋아서 누워만 지내시는 어머니는 진지도 한 숟가락 뜨는 둥 마는 둥 하신다는데 어머니 갖다드릴 생각이 간절했다. 한번 그 생각이 떠오르니까 마음을 접을 수가 없었다.

그래서 가는 김에 어머니 좋아하시는 팥찹쌀떡도 해야겠다싶어서 찹쌀을 담그고 팥을 삶아서 앙금을 만들었다. 찹쌀떡이 달라붙지 않게 하기 위해서 감자 가루를 묻히는데 가루가 바지에 허옇게 묻어나는 거였다. 영감도 회사 가고 없겠다 누구 보는 사람도 없으니 그까짓 거 바지를 훌러덩 벗어던지고 팬티 바람으로 싱크대 앞에 서서 부지런히 떡을 만들어서 쟁반에 담았다. 다 만든 떡을 쟁반에 담아보니 큼직한 게 서른 개나 됐다. 떡 쟁반을 들고 식탁으로 가져가려고 걸음을 옮기는 순간, 나는 주방 바닥에 널브러졌다. 이유인즉슨 팬티를 알뜰히 입는다고 헐렁해진 걸 입었더니 오른쪽 팬티 허벅지 부분이 싱크대 문손잡이에 걸린 것이다.

떡 서른 개가 주방 바닥에 내동댕이쳐진 건 물론이고, 넘어질 때 걷어찬 음식물 쓰레기통이 엎어져 술 취한 놈 게워놓은 듯 콩나물 대가리며 조기 대가리, 팥 껍질 등을 꾸역꾸역 토해놓았다. 그러나 그게 문제가 아니었다.

두 다리를 일직선으로 쫘악 찢은 채로 주저앉았으니 얼마나 궁둥이가 아프고 굳은 근육이 아팠겠나 말이다. 신음소리를 내며 기어다니며 떡을 주워 담았다. 아픈 마누라를 위해서 영감이 아침에 스팀 청소기로 바닥을 깨끗이 닦아 내서 떨어진 떡이 그나마 깨끗(?)해서 다행이었다.(그런데 내가 헬스장에 가서 스트레칭할 때 못하던 유연한 동작을 넘어질 때 해냈으니 오! 내 몸의 유연함이여! 평균대 위의 기계 체조 선수처럼 가랑일 찢었다.)

그렇게 난리를 친 뒤에 배낭에다가 우거지 내장탕과 통통한 조기 일곱 마리, 꽃게 네 마리와 떡을 넣고 집을 나섰다.

전철역에서 우대권을 받기 위해 신분증을 내보였더니 표는 주지 않고 뻔히 바라본다. 왜 그러나 싶어서 봤더니 내가 내민 건 신분증이 아니라 신용카드다! 경로석 양쪽 할아버지 틈에 우아를 떨며 조신하게 앉아서 책을 읽기 시작했다. 책을 들기만 하면 독서삼매경에 빠져드는지라 걱정이지만, 부평에서부터 서울 석계역까지는 1시간 15분이나 걸리니 한동안은 걱정을 놔도 될 만한 거리다. 한참을 책을 읽다가 고개를 드니 석계역이었다. 그런데 석계역이란 글자를 보면서도 어쩌자고 우두커니 앉아서 내리질 않았는지! 순간 아, 내려야지 했을 때는 이미 출발한 전철이요 떠난 버스였다! 다음 역에서 내려서 석계로 다시 갈까 하다가 성북역에서 석계까지 걸어갔다.

어머니께서는 갑자기 문을 열고 들어서는 큰딸을 보시고는 좋아서 어린애처럼 웃으셨다. 늘 어머니랑 있는 시간은 왜 그리 빠른지. 이것저것 먹고 이야기 나누고 나니 어느새 오후 4시. 다음 주에 또 오겠노라며 서운해하시는 어머니를 뒤로 하고 대문을 나섰다.

그런데 한참을 걸어 역으로 나가다가 영감한테 전화를 걸려니까 이번엔 휴대전화를 어머니 방에다가 두고 온 거였다. 다시 친정집으로……! 이렇게 천신만고 끝에 다시 전철을 타고 인천으로 오는데 또 책을 읽다가 내릴 곳을 지나치고 말았다. 그래서 다아시이~ 플랫폼 끝까지 걸어가서 계단을 올라가 반대편 플랫폼으로 가서 바람 부는데 머리 휘날리며 서 있다가 전철을 타고 집으로 왔다.

실수 속에 날이 저물었다. 의사가 안정을 취하랬는데 이러고 다녔다!

사진의 고수들을 부리다

내가 동강을 걸을 때처럼 위풍당당했던 때는 없었을 것이다. 6월 '한강 따라 걷기'는 한강 길 중에서 가장 아름답다는 동강과 어라연이었다.

그 아름다운 풍광들을 시답잖은 사진 솜씨지만 많이 담아 오려고 메모리

칩 청소를 했다. 이틀간 찍을 수 있는 매수가 200장이 되기에 만족해하며 카메라를 챙겼다. 늘 길 떠나고 보면 꼼꼼하게 챙긴다고 해도 가보면 한두 가지 빼놓는 건 기본이어서 이번엔 아예 배낭 꺼내놓고 생각날 때마다 그 속에 집어넣었다.

드디어 토요일 아침, 동강 걷기를 시작했다. 앞서거니 뒤서거니 가다보니 산 그림자가 동강에 드리웠는데 그렇게 아름다울 수가 없었다. 목에 매고 있던 카메라를 꺼내 찍으려는데 뜨아!! 빈 카메라였던 것이었던 것이었다. 어머니께 갔을 때 찍은 사진 중 몇 컷을 골라 출력하려고 칩을 컴퓨터에 꽂아놓고 '걍' 떠나온 거다. 다리에서 힘이 쫘아악~ 빠져나갔다. 비록 잘 찍지는 못해도 내가 걸었던 곳들을 나름대로 담아오고 싶었는데…… 저 아름다운 것들을 하나도 담아가지 못하다니 발을 구르고 싶었다.

그러나 그렇다고 여기서 그냥 단념할 안나가 아니지. 우리 땅 걷기 모임에 사진 잘 찍는 고수들이 어디 한둘이냐? 여러 길벗님들 앞에서 부탁을 했다. 내가 빈 카메라를 가지고 왔으니 내가 원하는 것들을 여러 아우님들이 그때그때 찍어줘야 한다고 말이다. 길벗님들이 박장대소하며 동의를 해줬다.

그리하여 멀리 산 그림자가 아름다우면 "○○님, 저 산 그림자 좀 찍어줘요!" 원추리꽃이 곱길래 "○○님, 저 원추리꽃 좀 찍어줘요!" 개망초가 핀 빈집도 담아가고 싶어 "'저 개망초 나오게 해서 문짝 좀 찍어요!" 이러면서 걸었다.

그러니까 앞에 가는 찍사님한테로 달려가기도 하고 뒤에 오는 찍사님을 기다리기도 하면서 이 사람 저 사람에게 부탁하느라, 아니 잘 찍나 감독하느라 아주 분주했다.(감독이 그렇게 힘든 건지 몰랐다 헤헤헤~) 사진의 고수들을 하인 부리듯 했으니 얼마나 신났으랴! 게다가 길벗님들이 친절하게 찍어줄 적마다 한마디 하는 걸 잊지 않았다.

"찍기만 하면 뭐해! 돌아가면 빨랑빨랑 카페에 사진 올려야 해요. 블로그에 올려야 하니 사진 보내주세요."

아주 당당하게 부탁을 했다. 그렇게 해서 나의 블로그 중 '안나의 국토 순례' 방에다가 다른 때완 차원이 다른 사진을 올릴 수 있게 되었다. 첫째 날 일정과 사진에 대해 블로그 이웃들이 한마디씩 남겼다. "사진이 달라졌는데, 카메라를 바꾸셨나요?" "사진 솜씨가 날이 갈수록 탁월해지시는걸요." "보는 제 눈이 탁 트이는 기분입니다" "멋지게 담은 사진 즐겁게 구경했습니다."

다들 사진에 대해 한마디씩 칭찬을 해놨길래 으쓱해져서 "아이, 잘 찍긴요…… 어쨌든 잘 봐주셔서 고맙습니다!" 이렇게 쓰려고 했다. 이때까지만 해도 내가 찍은 척하고 가만히 앙큼 떨고 있으려고 했는데 둘째 날 쓴 글에다가 또 다른 이웃이 "혹시 팔랑개비(우리 큰아들놈 닉네임. 이놈은 전문 사진작가다)님의 캐논 5D를 쓰고 계신 건 아닌지요?" 이렇게 적어놓은 거다. 그러니 언제까지 숨기고 있으랴! 하는 수 없이 정직하게 이실직고해야지.

"아니 제가 아들님이 쓰는 카메라가 '캐논'인지 '캐발'인지 어케 압네까! 더구나 그게 '오디(5D)'인지 '딸기'인지 어찌 알겠어요? 내 참~ 아니 사진 보시면 알지, 제 사진 솜씨가 당키나 합니까? 제가 무슨 수로다가 그렇게 잘 찍습니까! 귀신은 속여도 쉼표님이나 길님, 슈슈님은 못 속이겠다 싶군요."

이렇게 글을 올렸다.

그런데 지금 생각해 보니 카메라를 안 쓰니까 좋은 점이 있다. 걷기에도 편하고 그저 좋은 경치를 맘껏 구경할 수 있었다. 눈으로, 머리로, 가슴으로 찍어가면 되는 거였다. 시원찮은 사진 찍는답시고 사진 한 장 찍고 나서 앞서간 길벗님 따라 가느라고 뛰고, 사진 찍느라고 아름다운 것들 많이 못 보고 지나치고 했는데, 차라리 앞으로는 카메라를 두고 다닐까 하는 생각도 든다. 이번처럼 꼭 간직하고 싶은 장면은 찍어달라고 하면 되니까.

그래도 길을 걸으며 나에게 말 걸어오는 이쁜 것들을 내 손으로 담아가는 것도 좋긴 하다. 못 나도 내 배 아파 낳은 자식이 귀하듯 싸구려 내 카메라로 사진 실력 꽝女인 내가 내 손으로 찍은 사진에 정감이 가는 건 어쩔 수 없다.

돈 세탁을 하다

카페 '들꽃풍경'의 송년 행사가 있는 날이었다. 모임은 4시부터니까 미리미리 모든 준비를 앞당겨 마쳤다. 영감 저녁 준비도 미리미리! 입고 갈 옷도 미리미리! 세탁기 빨래 돌린 거 가져다 너는 것도 미리미리! 머리 손질도 미리미리! 여기까지는 순조롭게 진행되었다.

다음 차례로 돈도 미리미리! 챙기려고 하다보니 핸드백에 돈이 3만 원밖에 없는 거다. 회비도 내야겠고, 배가 홀쭉한 차에다가 기름도 먹여야겠는데 그 돈 가지고는 가당치도 않다. 그럼 며칠 전에 내가 갖고 있던 30만 원은 어디로 간 걸까? 아, 이제부터 다시 땀나는 보물찾기가 시작된 것이다. 장롱 서랍이며 책상 서랍, 옷장에 걸린 옷이란 옷의 주머니들…… 갖고 있는 모든 핸드백, 사은품으로 받은 것들까지 죄다 모조리 다 뒤졌다.

아, 시간은 다가오는데…… 안 풀리는 수학 문제지 앞에서 낑낑대던 학생 시절도 이만큼 답답하진 않았다. 나 자신에 대해서 아주 낙담 내지는 실망 좌절 절망하고 있는데 반짝! 머리에 불이 들어왔다. 설마하면서도 행여나 하는 기대감을 안고 빨래 널어놓은 베란다로 갔다. 그리고 축축한 바지 주머니를 만져보니 뭔가 있다! 두근거리는 가슴을 안고 손을 넣어보니 아니나 다를까 제까짓게 어딜 가겠어? 주머니 속에서 물에 젖고 세탁기 안에서 정신없이 휘둘린 가여운 돈뭉치가 흠뻑 젖은 채로 나오는 거다. 아! 그때의 후련함이라니…… 그

맛을 모르는 사람은 불행할진저!

물이 줄줄 흐르는 돈을 타월로 싸서 톡톡 두들겨 가지고 젖은 돈이라 지갑에도 못 넣고 비닐 주머니에 싸 가지고 출발했다.

까만 실크에 수를 놓은 치마에다가 꽃자주색 윗도리를 받쳐 입고 역시 까만 비로드 긴 코트를 우아하게 받쳐 입고 멋진 가방 들고 사부작사부작 걸어 나가서 차에 올랐다. 드디어 모임 장소에 도착!

전국에서 모여든 회원들이 반갑다고 서로 얼싸안고 만남을 기뻐했다. 물론 얼른 회비부터 냈다. 촉촉이 젖은 돈으로다가. 그런데 코트까지 입고 나갔는데 그리 춥지 않은 날씬데도 아랫도리가 써늘한 거다. 놀부네 뚫어진 창호지 문으로 들어오는 황소바람처럼 아랫도리가 너무 써늘하고 추웠다. 아랫도리를 슬슬 남몰래 만져보다가 흠칫 놀라고 말았다. 세상에! 어쩌자고 '제임스 딘' 망사 삼각팬티 하나 달랑 입고 스타킹도 안 신고 나왔단 말인가!

마당에도 반가운 얼굴들이 많아 밖에 머물러 있어야 했지만 난 집 안으로 들어가서 누가 오거나 말거나 상한 조개마냥 콕 들어박혀서 꼼짝도 하지 않았다. 1, 2부로 나누어진 잔치가 끝나고 나서 마당에서 캠프파이어가 있었는데 난 코트가 불똥에 타거나 말거나 화톳불 만난 거지처럼 불 앞에서 꼼짝도 하지 않았다.

그러다 근처에서 펜션을 운영하면서 음식과 차를 겸해 팔고 있는 회원이 초대해서 갔더니 유황 진흙구이 오리를 내놓는데 식탐은 많아 가지고 오리고기를 아구아구 먹어댔다. 늦게까지 홑 팬티 바람으로 덜덜 떨며 시간을 보내다가 새벽 2시에 귀가했다.

결과: 배탈 나서 화장실을 수도 없이 들락거리고 있다. 그리고 깨끗이 세탁된 축축한 돈 말리고 있다.

내가 누구냐, 국토 종단한 할머니 아니더냐

평소 친하게 지내던 사람이 설 휴가 때 설악산을 간다며 콘도 회원증을 빌려 달라길래 그러마고 했다. 콘도를 예약해 주고는 나는 제주도로 여행을 갔다. 그런데 다녀와서도 회원증은 생각도 못하고 있었는데, 내일 아침 떠난다고 연락이 왔다. 아뿔싸! 콘도 회원증을 작은아들네가 가지고 있는데 어쩌나 싶어 직접 가지러 가기로 했다.

화장이고 뭐고 맨 얼굴로(하기야 호박에 줄긋는다고 수박 되나! 투가리가 사발 되나!) 점퍼 하나 걸치고 모자 눌러 쓰고 역으로 나갔다. 전철 창구에서 보니 아차! 주민등록증이 없네. 이런 이런! 그냥 돈 내고 표를 끊을까 하니 괜히 억울한 생각이 드는 거다. 내가 이 나이 먹기까지 먹은 쌀이 얼마며, 내가 쓴 물이 얼마며, 내가 쓴 돈은 얼마냐. 이 나이 먹기까지 얼마나 돈이 많이 들어갔는데 공짜로 얻을 수 있는 표를 돈 내고 사나 싶어 다시 집으로 갔다. 역에서 집까지는 걸어서 15분…… 부지런히 걸었더니 땀이 났다. 오늘 늦잠 자느라 헬스장엘 못 갔는데 운동삼아 걷자 하며 걸으니까 걸을 만했다.

와 계시는 시어머님께 다시 인사드리기 뭐해 살금살금 들어가 지갑을 꺼내들고 도둑고양이처럼 나왔다. 그리고 다시 역으로! 주민등록증을 꺼내려고 지갑을 여니까…… 꺄아아악~! 제주도 갈 때 주민등록증을 가져간 걸 그만 집에 있는 백에다 넣어뒀는데 빈 지갑만 들고 나온 거다. 너무 힘들어서 하는 수 없이 택시를 타려다가 내가 누구냐! 국토 종단한 할머니가 그까짓 거 열 번 걸은들 대수랴! 다시 걸어 집으로…… 그러니까 행로를 정리하면 이렇다.

집→부평역(15분)→집(15분)→부평역(15분)→집(15분)→부평역(15분): 합계 75분(걸은 시간만……)

그렇게 해서 진이 다 빠져서 갔는데 동춘역에서 내려야 하는 걸 종점인 동막까지 갔다. 또 책을 읽다가.

어휴, 내 머리는 왜 이렇게 좋을까? 내가 오늘 운동하러 안 나갔더니 그만큼 운동하라고 내 머리가 다른 생각은 작동을 하지 않은 게다. 이래서 오늘도 운동 많이 했다!

안나의
즐거운
인생 비법

06 〉〉・・

가볍게 가져라

100여 일에 걸친 해안 일주를 할 때, 내가 한 일이라곤 먹고, 자고, 걷는 것뿐이었다. 날이 밝으면 걷고, 배고프면 먹고, 해가 지면 자다보니 먹을 것과 잠자리와 걸을 수 있는 건강 외엔 더 바랄 게 없었다. 삶이 단순해지자 생각도 단순명쾌해졌다.

필요로 하는 것도 점점 줄어들었다. 집에서 떠날 때는 이것도 필요하고 저것도 필요하다 싶어서 이것저것 챙기다보니 배낭 무게가 13킬로그램이나 되었다. 며칠 걷다보니 다리보다 어깨가 더 아팠다. 결국, 비가 오는 날이나 혹시 몸이 아파서 걷지 못하게 될 날을 대비해 챙겨 넣었던 책은 길에서 만난 젊은이를 주었고, 여벌로 가져간 바지와 티셔츠는 집으로 부쳐버렸다. 우비만 남기고 우산도 없앴다.

"완벽하다는 것은 더할 것이 없을 때가 아니라 뺄 것이 없을 때"라더니 정말 그 말이 맞았다. 더 이상 내 가방에서 뺄 것이 없을 때까지 빼고 나니 그것이 나에게 가장 적합하다는 느낌이 들었고, 하나 둘 비우고 나니 배낭만이 아니라 마음도 훨씬 가벼워졌다. 여행을 떠나면서 어쩌면 이런 일도 있고 저런 일도 있을 수 있으니 이것도 챙기고 저것도 챙기자 했으면 끝이 없었을 것이다. 어쩌면 도보 여행에서 생길 수 있는 모든 일에 대비해 준비물을 챙겼다면, 정작 그 무게 때문에 하루도 걸을 수 없었을 것이다.

도보 여행을 마치고 집에 돌아왔을 때, 난 내가 가진 게 그리 많은 줄 몰랐다. 입지도 않으면서 걸려 있는 옷들, 다시 읽지 않으면서 꽂혀 있는 수많은 책들, 쓰지 않는 그릇들…… 없어도 되는 것들이 한두 가지가 아니었다.

그런데 없애는 것도 쉽지 않았다. 이것은 이래서 필요할 것 같고 저건 저래서 쓸 데가 생길 것 같은 '생각'이 나를 망설이게 했다. 최근 몇 년 동안 한 번도 쓴 적이 없는 것들을 손에 들고 한참을 망설이다가 결국 용기내서 다른 사람에게 갖다줄 자루 속에 넣었다. 그렇게 하나 둘 정리를 하고 나니 내 몸 속까지 개운해지는 느낌이었다. 집 안도 훤해졌다.

시골에 계신 올해 아흔셋 되신 어머니의 살림살이를 보면 감탄이 절로 나온다. 깨진 플라스틱 바구니도 비닐끈으로 엮어 쓰고, 깨진 바가지는 녹색 테이프로 붙여서 쓰신다. 생선을 말리는 망도 지퍼가 고장 나자 다른 지퍼를 달아서 쓰셨고, 고양이가 뚫어놓은 구멍은 테이프로 붙이셨다. 어머니는 "쓰레기가 왜 나오냐?"고 하신다.

어디 비워야 할 것이 물건뿐이랴! 순례자 길에 몸이 비대한 것도 큰 짐이다. 몇 년 전에 체중이 불었던 때가 있었다. 산을 오르는데 숨이 차서 헉헉거렸다. 그 후로 걷기와 등산으로 몸을 다졌더니 몰라보게 체중이 빠졌고, 몸이 얼마나 가벼운지 큰 산도 어려움 없이 오를 수 있게 되었다.

마음도 마찬가지다. 마음이 큰 바람과 욕심으로 채워져 있는 사람은 길을 떠나지 못한다. 지닌 것들을 잃을까 두렵고 불안해서다. 내가 아는 어떤 사람은 강남의 큰 빌라에서 살고 있는데 항상 누군가 자신을 바라보는 것 같다며 여름이고 겨울이고 두껍고 어두운 색깔의 커튼을 치고 산다. 이웃은 고사하고 친척들의 왕래도 없이 살아가는 그들을 보면 돈은 많지만 왠지 근사한 감옥에 갇혀 사는 느낌이다.

나는 걷는 동안 내 마음속에 들어차 있던 미움이나 시샘, 남들과 비교하는 마음도 비우려고 노력했다. 이 역시 쉽지는 않았다. 비워냈다고 생각했는데 자고 나면 모두가 제 자리인 때가 많았다. 그러나 또다시 비우고 또 채워지면 다시 비우기를 반복하다 보니 아주 많이 마음이 가벼워져서 돌아올 수 있었다. 하루아침에 안 된다고 해서 책망할 필요도 없다. 한 번에 해치우려는 그 마음도 욕심일 테니 조금은 덜어낼 필요가 있지 않을까?

이제 내 인생의 순례길도 마무리 단계에 접어들었다고 봐도 틀리지 않을 나이다. 지금껏 온갖 세간에 미움과 미안함까지 더해 무겁게 살았다면 이제라도 더 열심히 정리를 하고 싶다. 사랑을 표현해야 할 사람에겐 더 이상 미루지 말고 맘껏 표현하고, 화해하고, 용서하고, 용서받고 싶다. 하늘이 부르시는 것이 언제가 될지 모르지만 그것이 언제가 되어도 홀가분하게, 새처럼 가볍게 날아가 "여행 잘 마치고 왔노라"고 고백할 수 있게 말이다.

앗! 나의 실수 뱃속 청소하기

밥이나 비벼 먹을까?

'영감은 저녁 먹고 온다고 하고 …'

찬밥에

고추장 넣고

이래서 혼자 있음
굶지 굶아…

슥슥 비벼서

호호~

한 숟가락을 꾸-울-꺼-억

앙!~

두숟가락 째 먹으려니까

탑⭘✧

어쩐지 맛이…

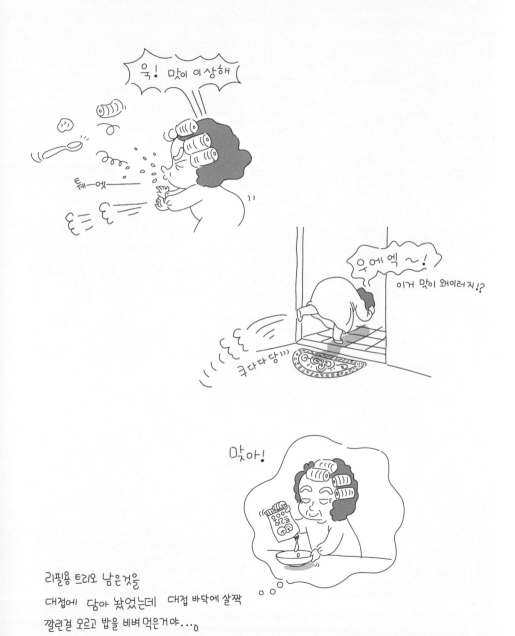

리필용 트리오 남은것을
대접에 담아 놨었는데 대접 바닥에 살짝
깔린걸 모르고 밥을 비벼 먹은거야...ㅇ

아이글...몸살아...

보글보글..

그날저녁...

이 사건을 전해들은 영감...

크하핫!!!

그럼, 당신 방귀 꾸면

비누풍선이 만들어지는 거 아냐?

하하하...

깔깔 깔...

뿡뿡

뿡

푹슈슈~~~

내가 요즘 가당치 않은 욕심을 냈더니만

시거면 빽속 청소하라고 이런 일이 생겼나보다.

그래도 나는 병! 안나!

여보, 코드만 꽂으면 돼요!

엊저녁에 잠자리에 들면서 남편한테 부탁을 했다.

"여보! 내일 아침에 밥솥 코드 좀 꽂아줘요! 쌀 씻어서 밥물 다 맞춰서 앉혀놨거든요!"

"알았어. 그렇게 할게."

남편이 선선히 대답했다.

남편은 초저녁잠이 많아서 일찍 자는 대신 새벽 4시면 일어나는 새벽형이다. 반면에 나는 초저녁잠이 없다. 아니 밤샘을 해도 끄떡없는 올빼미형이다. 그래도 자정이 넘어서 잠자리에 들어도 일어나는 시각은 새벽 5시다. 아무리 새벽잠이 달아도 남편 아침 식사는 거르지 않게 해줘야겠다는 생각에서다.

그래서 부부가 함께 아침 식사를 5시 30분에 하고 과일을 한쪽씩 먹은 다음, 6시쯤에 남편은 회사로, 나는 헬스장으로 나가는 게 정해진 아침 일과다.

그런데 오늘 새벽 5시에 일어나서 주방으로 가는데 남편이 나를 보고 웃었다.

"당신 밥솥에 쌀 씻어 넣은 거 맞아?"

"그럼요! 왜요?"

남편은 밥솥을 열어보라고 했다. 고개를 갸웃하며 밥솥을 열어보니 깨끗이 씻긴 밥솥만 덩그러니 있었다. 아무리 생각해도 참 이상했다. 검은 서리태 콩까지 앉힌 생각이 나는데 이게 웬일인가. 한참 생각을 해보니 어제 오후에 저녁쌀을 앉힌 거였다. 그 쌀은 저녁을 해서 먹었는데 그걸 내일 아침 쌀 앉힌 걸로 착각한 거다. 이를 어째!

흠…… 그렇다고 준비성 없는 내가 아니지. 암! 싱크대 속에 넣어뒀던 햇반을 꺼내서 전자레인지에다가 드르르륵 돌려서 아침상을 차렸다. 그야말로 유비무환인 거다. 준비가 있으면 근심할 것이 없다는 말이렷다! 그나저나 이놈의 정신머릴 우째쓰까이잉~

출력이 뜻대로 안 돼

외숙모님 칠순 잔치에 갔다. 외숙모님이 한복을 곱게 차려입고 오시는 걸 본 나는 그쪽으로 달려가서 "어머! 외숙모님도 오셨네요!" 이랬다. 아니 주인공더러 그게 할 말인가?

얼마 전에 동생이 "언니! 고모님이 오셨어. 빨리 집으로 와!" 하는데 그땐 또 이랬다. "어느 고모가 오셨는데?" 순간 동생이 전화 건너편에서 아무 말이 없다. 두 분뿐인 고모 중에 큰고모님은 아주 오래 전에 돌아가셨기 때문이다.

이런 식의 말실수야 누구나 할 것이다. 우리 어머닌 아주 오래 전에 텔레비전이 고장 났는데 수리공 아저씨더러 브라운관을 봐달라고 할 것을 "나팔관 좀 봐주세요" 하셨다지 않는가!

오늘 어느 카페에서 말실수 모아놓은 걸 읽는데 너무 우스워서 적어본다.

— 대학교 1학년 때 회갑 잔치란 단어가 갑자기 안 떠올라 육순이랑 회갑 이랑 합쳐져서 육갑 잔치라고 했던 기억이 난다. 큰아버지 죄송합니다. 그날 육갑 잔치는 성대했다.

— 제 친구는요, '아놀드파마' 매장에서 일할 때 전화 받으면서 "감사합니다. 아놀드 슈와츠제네거입니다." 그러곤 자기도 너무너무 황당하고 웃겨서 전화기에 대고 "우하하!" 본사에서 항의 전화 왔답니다.

— 설레임(아이스크림 이름) 생각 안 나서 "아줌마 망설임 주세요."

— 영화 〈단적비연수〉를 여자친구랑 보러 가서 당당하게 "〈단양적성비〉두 장 주세요!"

— 아버지 생신인 줄 알면서도 음식이 너무 많이 차려진 걸 보면서 했던 말, "엄마, 오늘 제사야?"

— 어떤 사람은 손님한테 "주문하신 안주, 두부김치 나왔습니다. 맛있겠습니다." 이랬다는! "맛있게 드세요" 해야 하는데……

— 훈련소 때 유격 끝나고 〈부모님 은혜〉를 불렀다. "나실 제 괴로움 다 잊

으시고오~ 기르실 때 밤낮으로 애쓰는 마음 진자리 마른자리 갈아 뉘
시며 손발이 다 닳도록 고오~새앵~하시네~. 아~아 고마워라 스승
의 사랑……아~아 보답하리 스~승에 은혜." 헉!

— 울 마미는 타이트한 치마를 보고 "흠…… 스타트한데!"

— 외근 나갔다가 거래처 대리님 이름 잘못 불렀어요, '방종구'를 '조방
구'라고…… 그때 무슨 생각으로 그렇게 불렀는지. 그것도 세 번씩이
나. 그 대리님이 자리에 없어서망정이지 있었다면…… 생각만 해도 끔
찍!

— 친구에게, "야, 얼마 전에 결혼한 그 선배 다다음달에 애기 낳는대" 그
랬더니 친구 왈, "우와~ 신호 위반이네~!!" 속도 위반이겠지 이것
아……

— 겨울에 버스 탄 친구 언니, 추워서 기사 아저씨보고 "아저씨 보일러 틀
어주세요!"

— 내 친구는 차 타고 가다가 다른 친구한테 전화 왔는데 그 차 왜 이렇게
시끄럽냐길래, "응. 차에 네비게이넌 있어서 그래"라고 했다는. "네비
게이놈을 달지 그랬냐"는 다른 친구.

— 며칠 전 비오는 날에 내 친구가 진지하게 하는 말, "비오는 날엔 막걸리
에 동동주가 최곤데" 막걸리에 파전 아닌가? 가만히 듣던 다른 친구 하

는 말 "아예 술로 죽어블 작정이냐?"

— 백화점에 출근한 지 얼마 안 된 제 동생. 친절하게 "어서 오세요" 할까 "어서오십쇼" 할까 고민하는데 순간 손님 들어오는 바람에 깜짝 놀라 "어서오시오!"

— 은행에 통장 재발행하러 가서 은행원에게 "이것 재개발하러 왔습니다" 했다. 은행원과 함께 한참 웃었다.

— 임산부보고 "산달이 언제예요?" 물어봐야 하는데 그 말이 생각이 안 나 "만기일이 언제예요?" 하고 물어봤다가 분위기 이상했다는……

잠이 오지 않아 ㅋㅋ대며 블로그에 이 글들을 올렸다.—심심 할머니

오늘날이 있기까지

오늘 아침, 헬스장에 다녀와서는 여러 님들 소식 읽으러 블로그에 들렀다가 '게임방'을 보니 마음이 흔들렸다. "에이 모르겠다! 오늘만 딱 한 번 하자" 중얼대며 들어가 버리고 말았다. 빨래거리도 내버려둔 채, 눈을 번들거리며 마귀할멈처럼 꼬부장하게 컴퓨터 앞에 앉았다. 우선 '버블버블' 한 게임만 하자

했건만 한 번이 두 번 되고 두 번이 세 번 됐다.

그렇게 세 번째 하는데 이게 조짐이 다른 날 같지 않은 거다. 뭔가 대박이 쏟아질 듯한 예감! 아! 오색 구슬들이 와르르~ 무너질 때의 그 쾌감을 뭐라 표현할 수가 있겠나? 그런 쾌감은 우리 영감도 일찍이 내게 안겨주지 못했었다!(ㅎㅎ 어째 말이 이상해졌네.)

하여간 구슬을 쳐 올리기만 하면 와르르~ 와르르~ 하더니만 죽질 않는 거다. 무려 두 시간이 흘렀다. 땀도 흐르고 허리도 아픈데 끝나지질 않아 그냥 계속 했다.

드디어 빨간 구슬이 한 개 남았다. 그러더니 하늘색 구슬이 연달아 세 개가 나오는 거다. 빨간 구슬을 뺑 둘러싼 다음 쳤더니 아~!! 드디어 화면에 아무것도 남아 있지 않았다. 팡파르가 울려 퍼졌다. 10만 점 돌파를 해낸 거다. 흐흐흑~ 감격스러워라! 오늘날이 있기까지 태워버린 냄비며, 손자 손녀를 귀찮아해 가며(하늘이 무섭지!), 오랜만에 걸려온 친구 전화도 건성 대답해 가며(미안하다, 친구야), 팬티 찾아달라는 영감한테 구멍 난 팬티인지도 모르고 꺼내서 내던져줘 가며…… 참 많은 일들이 있었다. 그렇게 몇 시간을 매달려 있다가 거울에 비친 내 얼굴을 보니 양 볼이 움푹 꺼지고 등은 더 굽은 거 같았다.

10만 점 돌파했다고 막내동생한테 전화했더니(자랑하고 싶어서) 동생 말이 기막혔다.

"언니! 10만 점 따는 게 어려운 게 아니라 그 게임 끊기가 더 어려울 거야. 아마 게임 끊기가 국토 종주보다 더 힘들 걸" 이러는 거다. (나쁜 기지배) 후유~ 이제 '바블바블'은 졸업했고, '가나다 게임'만 좀더 하고는 정말정말 관둬야겠다. (아직 실력 미달이니까.)

누가 내 게임 하는 얘길 읽고는 "저희 시어머니도 이런 게임이라도 하셔서 며느리 안 찾아온다고 심술부리지 않았으면 좋겠다"고 댓글을 달아놨길래 나도 그 밑에 답글을 달아줬다.

"그럼 컴퓨터 한 대 사 드리고 가르쳐드리세요. 아마 이거 하시느라 며느리 오는 것도 귀찮아하실 걸요. 주의: 게임에 빠져서 혹시 병원 신세를 지실지도 모른다는 걸 명심하시구요."

쥐포로 만든 숯

집 안에만 있다보면 출출할 때가 있다. 오늘도 그랬다. 다용도실로 가서 얼마 전에 사다뒀던 쥐포를 꺼냈다. 대관령 여행 갔을 때 사온 건데 도톰한 게 노릇노릇 먹음직스러워서 여덟 마리에 만 원이나 하는 걸 눈 딱 감고 산 거다. (내가 쥐포를 좋아한다.) 두 마리만 구울까 하다가 가스도 절약할 겸(매번 굽

111

기도 귀찮다) 해서 다섯 마리를 가스 오븐렌지에 넣었다. 그러고는 오늘자 신문을 1면부터 읽기 시작했다.(대충 읽을 것이지……) 한참 읽고 있는데…… 어디서 날 부르는 냄새 있어~ 다음 순간 비명을 지르며 주방으로 달려갔으나 쥐포는 이미 연탄은 저리 가라 할 정도로 새카맣게 타버렸다.

이 낭패감이라니! 너무 아까워서 가슴이 아팠다. 냄새도 맡아보고 어루만져도 봤지만 다 쓸데없는 일. 미련이 남아서 접시에 예쁘게 담아봤다. 블로그에 올리려고 사진도 한 장 남겼다. 아, 아까워라, 쥐포여! 어머니가 계신 시골에 있는 개 갖다줄까? 아마 그 개도 이딴 건 안 먹을 거야.

새카맣게 탄 걸 먹을 수도 없는데 이미 구수한 쥐포 냄새를 맡은 미각은 발광을 해서 미친 듯이 군침을 내보내고 있었다. 하는 수 없이 나머지 세 마리를 마저 꺼내서 다시 오븐에 넣었다. 이미 가열되었던 상태여서 그릴 안이 후끈후끈했다. 뜨겁게 가열된 석쇠에 손등을 데어가며 넣고 오븐 문짝을 닫는데 친구한테서 전화가 왔다.

오랜만인 친구였으니 오죽 반가우랴! 게다가 할머니들의 수다는 끝이 없다. 손주 새끼가 이랬고, 늙은 영감이 저랬고 어쩌고저쩌고 허리가 쑤시고 다리가 찌릿거리고 별의별 소릴 다 하다가 끊었다. 그런데 코에 스치는…… 아까 맡았던 절망적인 냄새…… "아이구~!" 외마디 소릴 내지르며 손뼉을 딱딱 치며 달려갔으나…… 아까 다섯 마리보다도 더욱 짙은 까만색의 숯 쥐포가 탄생

되었다!

　　모두 만 원어치인데 맛도 못 본 채로 버려졌다. 아~! 미쳐!! 아무리 가슴을 치며 아까워했지만 이미 죽은 자식 불알 만지기고, 깨진 사발 맞춰보는 격이었다. 손등만 데고 쥐포는 맛도 못 봤다!

　　♪♬ 타~아버린 쥐포오~를 버려야아 옳으냐아~ ♬♬♪ 아까워서 피눈물을 흘려야아 옳으으냐아~~ ♬

안나의
즐거운
인생 비법
07 〉〉· ·

빨리 잊어라

위로가 되는 이야기 하나! 아인슈타인의 건망증에 관한 이야기다. 한번은 버스를 탔는데 차장이 차표를 검사했다. 아인슈타인은 한참이나 온 몸을 뒤졌는데도 차표를 찾지 못했다. 뭐 이런 사람이 있나 싶어 차장이 상대방을 보는데 그 유명한 아인슈타인이 아닌가.

차장이 떨리는 목소리로 "선생님, 차표는 필요 없습니다"라고 인사를 했는데도, 아인슈타인은 주머니를 계속해서 뒤졌다. 의아하게 여긴 차장이 "선생님, 차표 없어도 괜찮아요"라고 했더니, 아인슈타인이 "이 양반아! 당신에게는 필요 없어도 내게는 필요하단 말이야. 차표가 있어야 내가 어디서 내려야 할지 알 것이 아닌가. 내가 어딜 가는 중이지?"

그뿐 아니라, 한 번은 이사를 해서 등록을 하러 갔더니 이름을 묻는데 그만 자신의 이름이 생각나질 않았단다. 그래서 집에 가면 수첩에 적혀 있다고 집에 다녀오겠다고 했다. 아인슈타인은 집에 돌아와 수첩을 보고서야 알버트 아인슈타인Albert Einstein이라고 적힌 자기 이름을 기억했는데, 정작 무엇 때문에 자기 이름이 필요했는지 몰라 남아서 하던 일을 계속 했다고 한다.

사람은 30대 후반부터 하루에 뇌세포가 10만 개 정도씩 줄어든다고 한다. 술과 담배도 한 몫 할 거다. 애 낳은 엄마들의 건망증도 만만치 않다. 나? 당연히 둘째 가라면 서럽다.

그런데 내가 이해가 잘 안 되는 건, 기억해야 할 것들은 그렇게 잘도 잊어버리면서 잊어도 될 것들은 왜 그리 악착같이 부둥켜안고 속을 끓이는가 하는 것이다. 가지고 있어봐야 하등의 도움이 안 되는 것들은 죽어라고 기억한다. 곱씹고 곱씹으면서 말이다.

우리에게 주어진 큰 선물 중의 하나는 잊을 수 있다는 것이다. 잊을 수 있다는 것은 축복이다. 물론 기억할 수 있는 것도 큰 선물이다. 전에 일어난 일을 기억하는 것은 훗날에 있을 일의 스승이라는 말이 있듯이 기억할 것은 기억하고 잊을 것은 잊는 것, 그것도 지혜다.

예전에 동료에게 돈을 빌려줬다가 떼인 일이 있다. 잊어버리자고 해도 잘 되지 않았다. 그러나 이왕 잃어버린 것, 속 끓인다고 해결될 일이 아니지 않는가? 그보다 더한 것도 잃어버리고 사는데 그까짓 돈 몇 푼 가지고 속 끓이지 말자, 훌훌 털어버리자 마음먹었더니 아주 편했다.

내가 교사로 있을 때, 학교에 종종 들르는 보석 세공사가 있었다. 애들 돌반지나 오래 낀 반지들을 갖다 맡기고 원하는 디자인을 골라 주문하면 새로 만들어줬는데 나도 오래 낀 금반지를 가지고 다른 걸 만들려고 바지 주머니에 넣고 출근했다. 그런데 점심시간에 화장실엘 들어가서 용변을 본 다음 물을 내리고 일어서는데 주머니에 있던 반지가 변기통으로 떨어지면서 내린 물과 함께 흘러가 버렸다.

잠시 속상했지만 이미 그렇게 된 걸 어쩌랴. 교무실에 가서 다른 교사들에게 그 얘길 하면서 낄낄대고 웃었더니 나더러 웃음이 나오느냐면서 이상하게들 바라봤다. 그렇지만 속상해 한다고 변기로 흘러들어간 반지가 걸어나오겠나 뭘 하겠나. 속 끓여서 건강까지 해칠 필요는 없으니 그저 나랑 인연이 없었던 거다 쳤다.

어쩌면 이런 물질적인 손해는 마음의 상처보다 잊기 쉬운 일인지 모른다. 살다보면 상처를 입힌 사람들, 배신감이나 모멸감을 줬던 사람들을 만날 일도 있다. 마음이 넓고 깊어 그런 사람들도 나의 스승이려니 하고 배울 점을 찾을 수 있다면야 금상첨화일 것이고, 그 사람보다 내가 더 넉넉하고 커서 그를 위해 기도할 수 있는 마음이 생기면 그 또한 아름다움의 극치일 테지만 사람이 어디 그렇게만 되나? 속상하고 힘들 땐 "내가 이런 일이 벌어지니 속상해하는구나" 하고 알아차려주고, 그 뒤로는 빨리 잊는 것이 상책이다. 그 미움과 분노를 끌어안고 살아봤자 내 생활만 피폐해진다. 몸 안에서 독소가 뿜어져 나와 얼굴도 빨리 늙는다.

잊을 건 빨리 잊자. 속상함에서 헤어나지 못하면 삶이 괴롭고 몸이 괴롭다. 건망증의 묘미, 바로 그럴 때 발휘하고 사는 거다.

이제사 말하지만~

서울 살 때 단골 야채가게.

쥔장 성격이 털털하고 야박스럽지 않아

손님이 많았는데…

"허허 허허"

그런 단골가게를 하루 아침에
못가게 되고 말았다.

감자나
사 갈까?

유월… 하지 때쯤인가?…
햇감자가 가득 쌓여 있고

한 깨만
더 줘요~

옥자지껄

아줌마들 사이에 쪼그리고 앉은 그 아저씨.
반바지를 꽉 끼게 입은건지…。

아~ 난 밝힘증이 있는 여자도 아니었건만
왜 눈길이 '그리'로 갔을까!

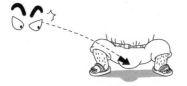

거시기 뿐이 불룩하니,
아니 수북하니 튀어나와 있는거였다!

머릿속으로 계속 아저씨 거시기를 생각하다가
(나 절대 그런여자 아님 씨!)

아저씨, 주Rall 한관만 주세요!
(이렇게 쓸수밖에 없다.
읽고 뜻을 아시는 분은 아실것이다)

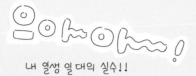

내 일생 일대의 실수!!

머릿속으로 뭘 생각하다 보니 그 생각이 말이 되어
엉뚱한 상황에서 튀어나와 버린 것이다!

사진 필름이라면 걍 싹둑
잘라내 버리고 싶은!

내 가슴속 깊이 묻어 뒀던
실수담이라네. ㅎㅎㅎ

완벽할 수 있었는데……

우리 영감이 출근하면서 인감증명서를 떼어다놓으라고 인감도장과 주민 등록증을 두고 나갔다. 내가 정신이 하도 없으니 영감이 알아서 미리 가방에 넣어뒀다. 그리고 벽시계 건전지가 닳아서 멈췄는데 잊지 말고 건전지도 사오라면서 닳아버린 건전지까지 내 가방에 넣어줬다. 이걸 보고 기억하라고!

오늘은 은행에 나가서 돈도 좀 찾고 백화점에도 들를 생각이었다. 우선 은행부터 들러 돈 찾고 동사무소로 갔다. 가방을 열고 주민등록증과 도장을 찾으니 없다. 이크, 가방을 딴 걸 메고 나간 거다.

날씨마저 더워서 땀 삐질삐질 흘려가며 집으로 들어와서 가방 바꿔 메고 나갔다. 그런데 오늘 하루 백화점 식품부에서 만 원어치 물건을 사면 쇼핑 가방을 준다는 전단지가 들어왔다. 그러니 품절되기 전에 백화점부터 들러야 했다.(아, 난 왜 이렇게 공짜 밝힘증이 있냐!)

콩나물, 두부, 우유, 바나나, 그래도 만 원어치가 안 되어서 치약도 두 개 샀다. 그런데 계산할 때 보니 만 원에서 삼천 원이나 추가가 되어서 좀 억울했다. 학교 때 수학 못한 티를 아직까지 내고 산다. 영수증 보여주고 공짜 쇼핑 가방을 받아서 거기다가 산 물건 가득 넣어 동사무소로 갔다. 의자에다가 제법 묵직한 쇼핑 가방 내려놓고 인감증명서 두 통을 신청해 받아들고 나왔다.

밖에서 열린 완도 특산물 시장에서 기웃기웃 구경도 해가면서 천천히 걸어서 집으로 왔다. 소파에 털퍼덕 앉아 시원한 주스를 한 컵 따라 마시고 나서 컴퓨터에 매달려 있다가 '아, 아까 사온 우유를 냉장고에 넣어야지' 생각하고는 나가보니…… 앗! 내 시장 가방, 어딨지? 맞다! 동사무소에 두고 온 것이었다! 하유~ 다시 동사무소로 터덜터덜 걸어가며 죄 없는 사람들을 의심했다. 누가 가져갔을지도 모른다고…… 동사무소에 들어서니 내 가방이 얌전히 의자 위에서 일광욕을 즐기고 있었다. 그걸 멋쩍게 집어 들고 다시 집으로 오면서 내가 너무 한심했다. 그걸로 끝이었음 얼마나 좋으랴!

영감이 들어왔을 때, 의기양양하게 인감증명서 두 통과 도장과 주민등록증을 차근차근 자신 있게 내놨겠다. 그런데 남편이 하는 말, "건전지는 사 왔어요?"

"……"

나, 지금 건전지 사러 나간다.

잘못된 만남

열무김치를 버무리려다 보니 냉장고 야채통에 있는 줄 알았던 생강이 없다. 하는 수 없이 김치 담그다 말고 생강 사러 나가야 했다. 김치 버무리던 손을 대강 씻고 집에서 일하던 차림 그대로 나갔다. 옛날에 입던 허리 고무줄 늘어난 헐렁한 자주색 체크무늬 칠부 몸뻬 바지에다가 주황색 반팔 티셔츠를 걸치고 나갔다. 신발은 끈 떨어진 까만 '쓰레빠'!(슬리퍼가 아님) 거기에 사은품으로 받은 때 묻은 시장 가방을 들고 나갔다.

재래 시장은 너무 멀고 귀찮아서 단지 안에 있는 백화점 식품부로 가서 몇 몇 가지를 샀다. 생강 하나 사러 나갔다가 눈에 띄는 것을 사다보니 가방이 묵직했다. 그걸 들고 백화점 문을 나서는데 바로 코앞에서 어떤 노신사가 나를 자꾸 흘낏흘낏 바라보는 거였다! 웬 늙은이가 빤히 쳐다보는 거야 하면서 마주 째려보다가 소스라치게 놀랐다! 낯이 익어서 자세히 보니 처녀 때 나를 무척 좋아해서 몇 년을 따라다니던 총각, 아니 할아버지였던 것이다.

그 할아버지 내 앞으로 다가오더니 "아무개 선생님 맞지요?" 하는 거다. 얼떨결에 "네!" 하고 대답하는데 얼굴이 모닥불 앞에 선 듯 달아올랐다. 그는 손이라도 잡을 듯이 다가오며 반가워했지만, 난 한 순간이라도 빨리 그 자리를 벗어나고 싶었다.

'이게 무슨 망신이람. 하고 많은 옷 놔두고 이 꼴로 나올 게 뭐야. 그리고 여긴 왜 온 거야. 아이구 내가 미친다니깐.'

속으로 쉴 새 없이 좋알댔지만 이미 벌어진 일. 그 할아버지 그대로 헤어지긴 너무 아쉽다는 듯이 주위를 두리번두리번 살피면서 어디 가서 차라도 한 잔 하고 싶은 눈치였다. 그렇지만 이 꼴을 하고 콩나물, 두부, 생강, 1리터짜리 우유, 감자 몇 알 든 시장바구니 들고 마주앉고 싶지 않았다. 서둘러서 인사를 나눈 뒤 돌아서 버렸다. 몹시 서운해하는 그를 뒤에 둔 채 총총히 그 자릴 떴다.

집에 와서 거울을 보니 정말 가관이다. 검버섯이 드러난 팔뚝하며 옴폭 파인 주름투성이 양볼, 염색할 때도 지나버린 길게 자란 흰머리, 몸뻬 바지, 끈 떨어진 '쓰레빠' …… 너무 창피하고 속상했다. 얼결에 받아든 명함에게까지 도 부끄러웠다.

아마 돌아가면서 그랬을 테지. '아, 정말 몹시 늙었구나. 살기가 힘들어 보이던데…… 그땐 내가 왜 저 여자에게 그렇게 매달렸을까!'

분명 그랬을 거다. 그러다 생각해 보니 속상해하는 내가 또 우습다. 아니 그까짓 늙은이가 뭔데…… 아무렇게나 생각하라지. 그러면서도 마음 한 구석 이 이상한 것은 왜일까? 신기하다. 칠십을 바라보는 이 나이에도 옛날 남자에 게 잘 보이고 싶은 걸까? 아무래도 아직 여자인가보다. 아니지 죽는 날까지 여 잔 여자다.

깨달은 점: 아무리 가까운 곳이라도 문만 나서면 밖인 것을. 차림을 너무 막 하고 다니면 안 되겠다는 것! 난 어쩐 일인지 아무렇게나 하고 잠깐 나가면 꼭 옛날 학부형을 만나든가 자존심 상하게 하는 사람을 만나게 된다. 이젠 쓰레 기 버리러 나갈 때도 정장하고 나가야겠다. (ㅎㅎㅎ)

단추가 끼어서

1982년 당시에는 전철 배차 간격이 8~9분이었다. 그나마 전철이 한 대 빠지기라도 하는 날엔 그야말로 전철 안이 콩나물시루였다. 그날도 앉을 자리는커녕 서서 가는데 발 디딜 틈이 하나도 없었다. 다른 사람이 앉은 자리 앞에 서면 자리 내주기를 바라는 것처럼 처량 맞아 보일 것 같아서 아예 출구 옆에 서 있었다. 밀리며 부대끼며 고생 끝에 내가 내릴 역에 도착했다.

막 내리려는데 뭔가에 걸린 듯했다. 뒤돌아보니 어떤 남자 양복 단추가 코바늘로 뜬 내 스웨터 구멍에 걸린 거다! 사람이 너무 많아서 서로 비비적대다가 단추가 끼었나보다.

난 내려야 하는데 그놈의 단추가 영 빠지질 않았다. "어머! 어떡하지? 나 내려야 하는데……어머 어떡해!" 하며 발을 동동 굴러댔다. 결국 그 사람은 더 가야 하는데도 나한테 끌려서 같이 내리고 말았다. 사람들 북새통에서 이리 부딪히고 저리 부딪히면서 우리(?)는 이마를 맞대고 스웨터 구멍에서 단추를 빼내느라 진땀을 흘렸다. 드디어 양복 단추가 빠졌다! 너무 민망하고 창피스러웠다. 전철은 이미 떠났고 그 남자는 다음 전철을 기다려야 했다.

내가 미안하다고 사과했더니 그 남자가 웃으며 이렇게 말했다.

"옷깃만 스쳐도 인연이라는데 언제 만나서 차라도 한 잔 하시죠."

그래서 내가 이렇게 말해줬다.

"네, 그러죠, 단추가 또 낀다면요."

'그 넘'이 웃었다. 나도 같이 웃어주고는 지하도로 총총히 내려갔다. '그 넘'도 지금 단추 생각이 날까?

잘못 타셨는데요!

남편이 갑자기 어머니께 가자고 했다. 여행하고 와서 내일쯤 찾아뵈려고 했는데 느닷없이 오늘 가자고 한다. 시어머님 드실 것 준비한 게 없어 어머니가 좋아하시는 치킨과 떡을 사가지고 가기로 했다.

집을 나서는데 비가 억수로 퍼붓는다. 남편 차를 놔두고 내 차로 가다가 단골 떡 가게 앞에 차를 세우고 나만 차에서 내려 떡 가게로 들어가서 인절미, 시루떡, 절편 등을 골고루 샀다. 그러고는 뛰어서 남편이 기다리는 차로 갔다. 비가 쏟아지니 우산 받쳐 든 채 차문부터 열고 털퍼덕 의자에 주저앉는데 뒤에서 클랙슨 울리는 소리가 요란하다.

"여보, 빨리 가요! 뒤차가 비키라고 하나봐요. 무슨 비가 이렇게 오지?" 하며 안전띠를 매는데 "차를 잘못 타셨는데요!" 하는 소리가 들린다. 깜짝 놀라서 옆을 보니 낯선 남자가 어이없다는 표정을 짓고 바라보는 거다! 이게 뭔

일이랴?! 내 차를 타고 온 걸 깜빡 잊고, 늘 타던 남편 차 색깔과 같은 검정 차에 올라탄 거다.

"아이구, 죄송합니다. 비가 와서 그만 제 찬 줄 알았습니다."

"죄송합니다"를 연방 앵무새처럼 되뇌고는 남편이 타고 있는 뿌얀 내 차로 달려가니까 남편이 차 안에서 껄껄대며 웃고 있었다.

"아니, 내가 그렇게 빵빵대도 그 차에 타? 당신도 참……"

남편은 운전을 하면서도 계속 웃어댔다. 남은 창피스럽고 속상한데 저렇게 웃나 싶어서 눈을 흘겨줬지만 나도 웃고 말았다.

내 동생도 고속도로 휴게소에 들렀다가 나와서 남편 차에 올라타 안전벨트를 매면서 "여보, 차가 많이 밀리겠죠?" 하니까 옆 사람이 "누구세요?" 해서 깜짝 놀란 적이 있었는데, 한 핏줄 아니랄까봐서 똑같은 일을 저지르는구나.

그거, 내 스타킹이에요

교사 생활을 할 때 일이다. 여름 방학을 앞두고 같은 학년 선생들끼리 당일 여행을 다녀오기로 했다. 방학을 하면 서로들 만나기가 어렵기 때문에 방학 바로 다음 날 떠났다. 비가 왔지만 그래도 가기로 했으므로 십여 명의 선생들이 이른 아침에 두 대의 자가용에 나눠 타고 남이섬으로 향했다. 비가 내려 남이섬에는 관광객들이 거의 없었다. 우린 비를 맞으며 숲속을 거닐기도 하고 도깨비 집에도 들어가서 악악 소리 질러대며 희희낙락했다.

그런데 비를 맞고 다니니까 으스스한 게 추웠다. 주임 선생님이 자기 차로 가더니 트레이닝 상의를 입으라고 꺼내주었다. 그 옷을 걸치고 돌아다니다가 샌들 신은 발이 다 젖어서 스타킹도 질퍽거렸다. 그래서 스타킹을 벗어서 비닐봉지에 넣어서 트레이닝복 주머니에 넣었다.

해물 파전도 사 먹고 동동주도 마시며 빗속이었지만 재밌게 하루를 보냈다. 그러고는 인천으로 돌아와 헤어졌다. 헤어질 때 트레이닝은 벗어서 차 트렁크에 넣었다.

그리고…… 개학을 해서 반갑게들 만나 그간 지낸 이야기들을 했는데 주임 선생님 표정이 밝지가 않았다. 무슨 일이 있냐고 물었더니 귀신이 곡할 일이 생겼대나?!

사건인즉슨, 개학이 가까워 오니까 트렁크에 있던 트레이닝복을 부인이 꺼내다 빨았는데 주머니 속에서 여자 스타킹이 나와서 대판 부부 싸움을 했다는 거다. 그래서 개학날인 지금까지 냉전중이란다.

선생님들이 깔깔대면서(난 더 깔깔댔다) 우리 주임 선생님 능력 있으시다 어쩌고 하면서 위로는커녕 놀려들 댔다. 난 한 술 더 떴다. 그러다가 머리를 스

쳐가는 불길한 생각! 아차! 그게 내 스타킹이었구나! 이런 이런~

"어쩌나, 그거 내 스타킹이에요. 아고, 이를 어쩌지?"

자초지종을 설명하니 선생님들이 모두 교실 바닥에 나가떨어지며 웃어 댔다. 난 당장 사모님께 전화를 걸어서 진땀 뻘뻘 흘려가며 사건의 전말을 설명해야 했다.

며칠 후 중복날 수박 한 통과 삼계탕 준비해서 주임 선생님 댁을 찾아가 정중히 사과드렸다. 에휴! 내가 간 곳엔 항상 사건이 있었다.

닭 고문 전과자

신혼 시절에 우린 격주로 만나는 주말 부부였다. 나는 그때 홍천군 서석면에 있는 시골 학교에 근무할 때였고, 우리 신랑은 서울에 있을 때였다. 그러니 얼마나 그리움이 애절했겠나. 주말에 신랑이 온다고 하면 온갖 정성을 들여서 있는 것 없는 것 다 준비해 놓고 가슴 설레며 기다릴 때였다.

그러던 어느 봄날, 신랑이 오는 날에 맞춰 몸보신할 것을 먹이려고 궁리하다가 마침 그날이 장날이라 시장에 나가서 닭을 한 마리 사왔다. 살아있는 토종닭을 사서 장바구니에 넣어 왔는데 주인 아저씨도 밭에 나가고 집엔 아무도 없었다. 이웃집 사람들도 다 들에 나가서 사람이라곤 구경도 할 수 없었다. 그렇다고 차마 내 손으로 닭을 죽일 엄두는 나지 않고.

시간은 다가오고 생각다 못해서 하는 수 없이! 사방을 둘러보니 안집 툇마루 밑에 쓰지 않는 무쇠 솥이 눈에 띄는 것이었다!

"옳지, 됐다. 그렇게 해보자."

우선 물을 펄펄 끓였다. 그러고는, 그러고는, 으흠, 으흠.(이걸 말해야 하나 말아야 하나?) 그러고는 털이 알락달락하고 벼슬이 선명한 게 주둥이가 노오란 닭을 산 채로(!) 무쇠 솥에 집어넣었다.(임산부나 심장이 약하신 분은 읽지 마시라!) 솥뚜껑을 열고 그 속에다가 안 들어가려고 꼬꼬댁대며 몸부림치는 닭을 인정사정 볼 것 없이 쑤셔 넣었다.(신랑을 위하야!)

"닭아 미안하다. 저 세상 가거든 부디 좋은 데 태어나거라" 함시롱.

And(이렇게 쓰면 좀 나으려나?) 솥뚜껑을 쬐끔만 열고는 그 틈으로 사알살~사알살~쏼쏼 끓는 물을 부었다. 솥 안에서 닭은 필사적으로 있는 힘을 다하여 푸다다다닥~댔다. 나는 너무 무서워서 솥뚜껑을 그만 놔버렸다.

그 순간, 몸에 온통 3도 화상을 입은 닭이 뛰쳐나왔다. 눈도 멀거니 덴 것 같았다. 내 짐작이다! 그렇지만 정말이다. 그러더니 순식간에 울타리를 빠져 달아났다. 너무 무서운 나머지 난 감히 닭을 잡을 생각도 못하고 부들부들 떨고 있었다. 때마침 안집 아저씨가 들어오시다가 그걸 보셨다. 주인 아저씨가 닭을 잡아다주시긴 했는데 난 이미 죽은 닭이지만 너무 무섭고 끔찍했다. 저녁에 신랑이 고아놓은 닭다리 하나를 나한테 같이 먹자고 떼어주는데 도리질을 치며 싫다고 했다.

영문을 모르는 신랑은 내가 사양하는 줄 알고 자꾸 권했다. 그래서 난 신랑한테 난 닭을 싫어한다고 했다. 그 후로 나는 닭고기를 맛있게 먹어보지 못했다. 우리 영감은 지금도 내가 닭을 싫어하는 줄 안다.

난 닭 고문 전과자다. 오래 전 끔찍하게 죽은 불쌍한 닭의 명복을 빈다.

듣고 싶은 말을
먼저 해라

딸처럼 예뻐하는 올해 마흔 중반의 교사가 있다. 13년 간 알고 지내온 그이에게 며칠 전, 남편이 뇌경색으로 쓰러져서 위독하다는 연락을 받았다. 바쁜 일정 다 제쳐놓고 병원으로 달려가 보니 얼굴이 반쪽이 되어 있었다. 이마로 흘러내린 머리카락을 쓸어주다가 우린 그만 서로 부둥켜안고 소리 내어 울고 말았다.

출근을 했다가 남편이 쓰러졌다는 시어머니의 전화를 받고 달려가 보니 시부모님께서는 남편을 눕혀놓고 다리를 주무르고 계셨단다. 급히 119를 불러 강화에서 인천까지 오는데 차가 밀려 세 시간이나 걸렸다니 쓰러진 뒤로 네 시간이 넘도록 시간을 지체한 거다. 병원에선 이미 뇌경색이 많이 진행되어 수술은 했지만 가망이 없다고 했다.

면회 시간에 의식도 없이 인공호흡기를 끼고 누워 있는 남편에게 "여보, 걱정하지 말아요. 아버지와 어머니 제가 잘 모실게요" 그러다가 "여보, 눈 좀 떠 봐요. 바보같이⋯⋯" 하며, 결국 그녀는 눈물을 쏟아내고 말았다. 사람의 기능 가운데 청력이 맨 나중까지 살아있다더니⋯⋯ 남편 눈가에도 눈물이 흘러내렸다.

그 날 아침, 학교로 출근하려는데 남편이 그이를 보고 이렇게 말하더란다. "당신, 오늘 참 예쁘다." "정말?" 하고 되물으니 "그래, 참 이뻐!" 이게 남편과 나눈 마지막 대화였단다.

생각해 보면 죽음은 언제나 우리 곁에 있건만 죽음은 나랑 상관없는 저 먼 곳의 일로만 여기고 산다. 그러나 우리의 삶이란 얼마나 죽음 가까이에 있는가. 그의 나이 이제 마흔일곱이다!

우리가 죽을 때를 알지 못하는 것은 큰 두려움이기도 하지만, 어찌 보면 크나큰 축복이다. 우리를 더욱 선하게 살도록 만드는 방편이 되기도 하니 말이다. 항상 지금 만나는 이 사람이 나와의 마지막이라고 생각해 보라. 가장 큰 친절과 가장 큰 사랑과 가장 큰 배려가 나오지 않을 수 있을까?

젊은 나이에 세상을 등지고 떠나는 남편이나 홀로 남겨진 아내, 모두 다 안됐지만, 그나마 남편과 마지막 나눈 대화가 이렇게 아름다웠다는 사실에 감사하다. 만에 하나, 이 날 아침 서로에게 화를 내거나 짜증을 냈다면 평생 얼마나 마음에 남았을까?

우리는 가장 가깝고 편한 사람일수록 말을 함부로 하는 경향이 있다. "네가 이해해 줘야지, 그럼 내가 누구에게 이러겠니?"라는 식의 논리로 이해를 바라지만, 한 번만 더 생각해 보자. 그만큼 자신에게 소중한 사람이라면 더 아껴야 하는 것 아닌가. 그리고 더 친절하고, 더 아름답고, 더 기분 좋은 이야기를 많이 들려줘야 할 것 아닌가.

말하는 데에 있어 자신만의 거름 체를 만들어보는 것도 좋을 것 같다. 예를 들면 이 말을 하기에 적절한 때인가? 내가 말하고 있는 상대는 이 말을 이해할 만한 입장인가? 나는 지금 친절하게 말하려고 하는가? 혹시 원한의 찌꺼기나 비난 혹은 미묘한 우월감이나 헐뜯기 등이 들어 있지는 않은가? 어떤 식으로든 내가 옳고 영리하고 더 낫다는 걸 보여주려고 말하는 것은 아닌가? 등등이 될 수 있겠다.

우리는 낯선 사람에게는 "지금 통화 괜찮으세요?"라고 물으면서 남편이나 아이에게 "지금 이야기해도 괜찮을까?"라고 얼마나 물어가며 이야기를 하나? 자기 편할 때 자기 방식대로 이야기해 놓고 안 들어줬다고, 이해하지 못했다고, 자기 맘을 몰라준다고 원망하지는 않았는지. 개떡같이 말해도 찰떡같이 알아들어 주기를 바라지 말고, 처음부터 찰떡 같은 말을 해보자.

내가 국토 종단을 마쳤을 때 나는 그 누구의 격려와 칭찬보다 "당신, 정말 대단해!" 하는 남편의 한마디가 가장 위로가 되고 기분이 좋았다. 그간의 수고로움과 고통이 다 사라지는 기분이었다. 왜 오래 살면 살수록, 친하면 친할수록 칭찬을 아끼게 될까? 내가 듣고 싶다면 그 말을 내가 먼저 해야 한다.

사랑한다는 말을 듣고 싶다면, 나는 사랑한다는 말을 언제 했나 돌아보자. 멋지다거나 예쁘다거나 참 좋다거나 고맙다거나 이런 말들도 듣고 싶다면 나는 그런 말을 상대에게 언제 들려줬는지 돌아볼 일이다. 안 좋은 말은 거름제로 잘 걸러내고, 좋은 말, 내가 듣고 싶은 말은 듣고 싶은 만큼 먼저 해보자. 어쩌면 오늘이 우리가 만나는 마지막 순간이 될 수 있으므로.

앗! 나의 실수 남편을 소시지로 만들다니

싸늘해진 날씨

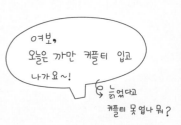

여보,
오늘은 까만 커플티 입고
나가요~!

↳ 늙었다고
커플티 못 입나 뭐?

아! 그런데...

⇨ 까만 티셔츠에

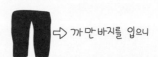

⇨ 까만 바지를 입으니

꼭 잠수부 같아!

몸통은 까만껍질로
싼 소시지 같고!

쿵

어머 머
당신 이렇게
살이 쪘어요?

쯧쯧...
그러게 내가 간식 좀
그만 드시랬잖아요?

걍 입고 나가요!!

아. 그런데
영감이 나가고 나서 보니 !

이게 뭐야?

사이즈100
영감거다 !

그럼 ?
내걸 영감한테 입혀 내 보낸거야?

아, 가여운 우령감!

회사 걱원들이 배가 빵빵하게 나온
우리 영감보고 웃지나 않을랑가?
캬캬캬 ~~

직원 여러분~
좋은 아침이에요!
허허허~

앗! 사장님···

아구 배 아파라~

눈물나게 웃는중이다 !

어디 젊은이 없수?

지난해 여름 한강 걷기를 할 때 덥다고 물에 풍덩 들어가 앉아서 철벅대고 놀다가 핸드폰이 물에 쫄딱 젖어버렸다. 그때 아들이 핸드폰을 A/S 센터에 가지고 갔는데 못 쓰게 되었다며 새로 장만하라고 했단다. 산티아고 순례길 여행을 앞두고 있던 차라 아들은 "어차피 두 달 남짓 전화기를 안 쓰실 테니 다녀오실 때쯤 새로 사드리겠다"고 했다.

두 달 만에 여행에서 돌아오면서 아들이 어떤 전화기를 새로 사놨을까 궁금해하며 비행기에서 내리자마자 아들에게 전화기 샀냐니까 웃으면서 "그 전화기 제가 살려냈어요" 이러는 거다. 드라이로 말리고 햇볕에도 며칠 말렸더니 소생(?)을 했대나 어쨌대나. '지넘'이 사준다더니…… 좋다 말았다. "그거 다행"이라고 맘에도 없는 소릴 했다. 섭섭해하다가 생각해 보니 에미가 철도 없지, 아들이 돈 굳었는데 좋아하지는 못할망정 그렇게 내색을 하다니.

그 후로 넉 달 가량 그 핸드폰을 썼다. 그런데 지난주부터 전화를 걸려고만 하면 전화기가 꺼진다. 이제 드디어 수명이 다한 거다. 아들에게 의기양양해서(?) 전화를 걸었다. 엄마 전화기가 드디어 운명했노라고!

아들이 와서 같이 새 전화기를 사러 나갔다. 전화기가 맘에 드는 건 전화번호를 바꿔야만 싸게 살 수가 있었다. 그런데 전화번호를 바꾸려니까 어째 내키지가 않았다. 혹시 누가 아나? 옛날 애인이라도 내게 전화를 할지. ㅎㅎㅎ

그래서 전화번호는 그대로 두기로 했다. 그리고 새 전화기를 골랐는데 오래 사용한 덕분에 공짜로 바꿀 수가 있다고 했다.

사가지고 와서 보니 사용법이 먼저 것과 달랐다. 게다가 먼저 쓰던 전화기가 고장 나서 입력해 놓은 전화번호들을 다운받을 수도 없단다. 전화벨 소리도 새로 골라서 설정해 놔야 하는데 나이 드니까 설명서 읽기도 귀찮고 해서 아들 올 때만 기다리며 그대로 쓰고 있었다.

그런데 그저께 서울을 다녀오는 전철에서였다. 다른 날과 같이 전철에 앉자마자 책을 꺼내 읽고 있는데 어디선가 전화벨 소리가 들린다. 그 소리는 마치 손님 없는 옛날 복덕방에서 계속 울려대는 것처럼 시끄러웠다.(내 전화 벨 소리는 고상하게 슈베르트의 〈숭어〉였다. ㅎㅎㅎ) 책을 읽으면서 속으로 '아이구 시끄러워라! 누가 이렇게 전화를 안 받는 거야!' 하면서 계속 책을 읽는데 앞쪽에 앉은 아줌마가 나보고 말했다.

"아줌마! 전화 온 거 아녜요?"(할머니라고 하지 않고 아줌마랬다. 아줌마 복받을겨!)

다른 사람들까지 다 나를 바라봤다. 어머나, 그러고 보니 내 전화벨 소리다. 황급히 코트 주머니에서 전화기를 꺼내 전화를 받고 보니 어디 싼 땅이 나왔는데 사모님 어쩌구저쩌구 하는 전화였다! 창피하기도 하고 화도 났다.

어디 그뿐인가! 전화번호를 입력해야 하는데 내가 입력하는 걸 알아야지. 하는 수 없이 아들놈 오면 입력해 달라고 하려고 서른 명의 전화번호를 이름과 함께 하나하나 종이에 적었다. 남편은 회사에서 아들을 만날 수 있으니 남편 편에 보내면 빠를 것 같아서 전화번호 적은 종이를 출근길 남편에게 줬다.

"이거 전화번호인데 입력하라고 보슬 아범 갖다주세요."

남편은 아무 말 없이 받아 갔다. 그런데 나중에 보니 전화기는 내 손에 있다. 남편도 그렇지. 전화번호 입력해 오라는데 전화기도 안 받아 가다니, 둘이 똑같다! 그래도 바보 영감과 바보 할머니가 손발이 척척 맞아서 의좋게 살아가고 있다.

그나저나 이놈의 '아들님'은 이번 주에 오려나 몰라. 전화번호도 입력시켜 주고 음악도 바꿔줄 젊은이 누구 없수? 해주면 복받을겨!

요년아, 가만있어 봐!

난 정말 길눈이 어둡다. 한두 번 가봐서는 다시 그곳을 찾을 확률이 거의 없다. 그런 내가 운전을 하려니 웃기는 일이 많다. 한 번은 친정엘 가는 길이었는데, 양화대교 보수 공사를 한다며 우회하라는 입간판이 세워져 있었다. 시키는 대로 했다가 결국 길을 잃고 말았다. 당장 영감한테 전화를 했다.

"여보, 나 길 잃어버렸어요. 어디로 가야 해요?"

"거기가 어딘데?"

"몰라요. 삼성생명 건물이 보여요."

"아, 이 사람아! 삼성생명 건물이 하나야?"

회의중이건 고객하고 상담중이건 마누라가 운전하고 가다가 걸핏하면 길을 물어대니까 견디다 못한 남편이 네비게이션을 달아주었다. 네비게이션이 나온 지 얼마 안 된 때였기에 돈도 꽤나 들었다. 그런데 그게 무슨 소용이 있어야 말이지. 길치에 타의 추종을 불허하는 기계치인걸.

한 번은 동료 선생님들을 태우고 산정호수를 가는데 내가 설정을 잘못했는지 전혀 생소한 데로 가라는 거다. 내 짐작대로 갔더니 "경로를 이탈했습니다" 이런다.

그래서 또다시 설정해서 출발했더니 또 아니다. 여전히 '고년'(네비게이션)은 300미터 앞에서 좌회전하란다. 그래서 내가 이렇게 야단쳤다.

"요년아, 가만있어봐! 내 맘대로 갈 거야."(선생님들이 죽는다고 웃었다.)

그러고는 내 맘대로 찾아갔더니 '고년'도 토라졌는지 내 맘대로 가도 아무 말도 하지 않았다. 그 비싼 돈 들여서 산 걸 난 그냥 내버려두고 아는 길만 간다.

그래도 며칠 전에 남편에게 좋알댔다.

"여보, 내 차 네비게이션 업그레이드(어디서 주워듣긴 해가지고)해야 되겠어요. 오래된 거라 새로 난 길은 몰라요."

'고년' 속으로 이랬겠지?

'흥, 가르쳐주는 길도 못 가는 주제에!'

난 모르는 길은 '안 나' 가는 '안나'.

생전에 그렇게 많이 빌어보기는

오늘은 인터넷 카페 '시어니와 며느리'에서 함께하는 송년 음악회가 있는 날이다. 오전엔 의상봉에 올랐다가 오후 1시부터 백화사 가까운 곳에 있는 찻집에서 작은 음악회를 열기로 했다. 딴일 하다보니까 시간이 촉박해서 택시를 탔다. 미리 택시 요금을 챙기려고 주머니를 뒤져보니까 돈이 없다! 양쪽 주머니와 바지 주머니를 죄다 뒤져봐도 없다! 배낭 속까지 뒤져봐도 암데도 없다, 없다, 없어!! 드디어 부평역 도착! 아구 큰일났다. 기사를 흘낏 바라보니 인상이 별로 좋아 뵈지 않는다. 진땀을 흘려가며 기사님에게 기어 들어가는 목소리로 "기사님, 어쩌죠? 제가 지갑을 두고 나왔네요. 나중에 보내 드릴 테니 계좌번호를 알려주시겠어요?" (아~ 기본 요금 1,900원을 송금하겠다고 계좌번호를 알려달랬으니 내가 생각해도 너무 웃기는 할머니다. 집으로 가서 왕복 요금을 주는 방법도 있겠지만 시간이 너무 급하다.)

"뭐라구요? 아 아주머니가!" (그 와중에도 할머니라고 하지 않아서 좋았다.)

기사가 험상궂게 노려봤다.

"죄송합니다. 아이구 죄송합니다. (꾸우벅~)"

진땀 흘리며 손이 발이 되도록 빌었다. 내 생전 그렇게 많이 빌어본 적은 첨이다!

"아, 씨×! 아침부터 재수 없어! 얼른 내려요, 내려!"

이런 욕을 먹어도 싸지 싸! 한숨을 몰아쉬며 경로 우대표를 받아들고 개찰구로 나가서 서울행 전철을 탔다.

수중엔 동전 200원밖에 없는데 생각해 보니 회비도 내야 한다. 그래서 카페지기님께 전화를 걸었다. 돈 꾸어 달라고 하려고. 아, 그랬더니 음악회만 참석할 계획이고, 산행은 안 한단다. 전철은 이미 온수역에 도착하고 있었다. 하는 수 없이 산행을 포기하기로 하고 내렸다. 다시 부평으로 가는 전철을 바꿔 타고 집으로 돌아왔다.

음악회는 오후 1시니까 시간이 좀 있다. 등산복을 벗어놓으며 거울을 보니 머리가 엉망이다. 그래도 음악회에 가는데 머리 손질이라도 해야 할 것 같았다. 그런데 기사한테 너무 비느라고 진이 다 빠져버려서 미용실 가기도 귀찮았다. 그리고 몇 올밖에 없는 머릴 한다고 드라이 값 거금 '만 원' 낼 것을 생각하니 그도 아깝고…… 그래서 집에서 롤을 말기로 했다.

늙으니까 머리가 빠져서 '속알머리'가 없다. 민들레 홀씨만 남은 민들레 꽃대궁 같은 머리라서 몇 올씩 공들여서 말아야 했다. 그러고 나서 그 사이에 컴퓨터에 앉았다. 한참 게임에 열중하다 보니까 앗! 나갈 시간이다. 급히 서둘러 집을 나섰다. 이번엔 돈도 두둑하게 챙겼다. 그리고 내달아 걷는데 맞은편에서 아는 아주머니가 오면서 나를 보고 웃는다. 웃는 얼굴에 나도 웃어줘야지. 상냥하고 고상하고 우아하게 배시시 웃는데 그 아주머니가 금이빨이 보이도록 웃는다. 그렇게 웃더니 이러는 거다.

"선생님, 머리에 구리뿌 달고 어디 가세요?"(부평에서 교사 노릇을 오래 했더니 현직에서 물러난 지금도 내 호칭이 '선생님'이다.)

뜨아~! 머리에 롤을 만 채로 뛰어나간 거다. 길바닥에 서서 머리에 만 롤을 다섯 손가락을 갈퀴삼아 좌아악 뜯어내서 가방에다가 쳐 넣었다.

어휴, 땀난다 땀나! 그나저나 그 기사 아저씨 오늘 하루 손님이 많았어야 할 텐데……

이름은 알아서 뭐해?

블로그 이웃인 슈슈님이 열대어 이름을 가르쳐줬다. 그래서 그걸 적지도 않고(젊었을 적에 외우는 거 하나는 잘해서 그것 하나 믿고) 음…… 조 파란 고기가 헤드라인이란 말이지, 조 빨간 게 플레티, 플레티, 조 녀석이 구피, 구피, 구피…… 영감 들어오면 자랑하려고 열심히 외웠다.

'드뎌' 남편이 들어오길래 "여보, 여보~ 저 파란 열대어 이름 알아요?" 하자 "응? 뭔데?" 하며 날 바라본다. 그런데 그 순간, 내 머리 작동이 껌벅껌벅하더니 피시식~ 꺼져서 깜깜 절벽이 되어버리고 말았다.

"아이, 머더라? 랜턴도 아니고 네온사인도 아니고 플래시도 아닌데. 불이 들어오는 거였는데……"

그렇게 헤매고 있자니 영감이 날 멀거니 보면서 "이름은 알아서 뭘해? 그냥 보면 되지" 한다.

하긴 그렇다.

이젠 음악도 제목이 떠오르질 않는다. 베토벤인지 슈베르튼지, 슈만인지 브람슨지…… 그냥 뒤얽혀서 뒤죽박죽이다. 어디 그뿐이랴. 들꽃 이름은 또 어떻고? 어느 게 쉬땅나문지, 어느 게 쇠별꽃인지, 어떤 게 바람꽃인지, 사랑촌지, 노루귀인지, 바위솔인지 구별을 못하겠다.

아무리 이름을 가르쳐줘도 소용없다. 외워지질 않는다. 그러니 꽃은 그냥 보고 즐기고 음악은 즐겁게 들으면서 그렇게 편하게 살기로 했다. 에휴~ 그래도 조 포르스름한 놈 이름이 궁금해서 다시 컴퓨터 켜고 들어와서 슈슈님 답글을 보니까 '헤드라이트' 다. 헤드라이트, 헤드라이트, 헤드라이트, 헤드라이트······ 이렇게 외우며 나가긴 하지만 방 문턱 넘다가 또 '이자뽈지' 모른다. 아흐!

다름을
기쁘게 받아들여라

"남의 눈가에 생긴 주름살은 나이를 먹었다는 증거이고, 내 눈가에 생긴 주름살은 많이 웃고 산다는 증거이다. 남의 배가 나온 것은 체중 조절에 실패한 게으름의 산물이고, 내 배가 나온 것은 평소에 갈고 닦은 후덕한 인품의 상징이다. 남이 한 우물을 파면 다른 건 할 줄 모르는 우물 안 개구리이기 때문이고, 내가 한 우물을 파면 그 방면 최고의 전문가이기 때문이다. 남이 지각하면 집에서 일찍 못 나와서이고, 내가 지각하면 단지 교통 지옥 때문이다. 남의 흰머리는 조기 노화의 탓이고, 내 흰머리는 지적 연륜의 상징이다."

누군가의 블로그에 들어가니 이런 글이 있었다.

자기가 하는 일은 다 옳고, 남이 하는 일은 이해할 수 없거나 보기에 답답하다. 역지사지하지 못하면 "나는 안 그런데 너는 왜 그러니?" 하는 말을 할 수밖에 없다. 사람들이 하는 대부분의 이야기들을 들어보면 다 자기 같기만 하면 아무 문제가 없을 거 같다. 그렇게 문제가 없는 사람들인 '나'들이 모여 사는데 왜 세상은 만날 크고 작은 일들로 티격태격일까?

대부분 결혼한 부부들을 보면 처음엔 다른 점 때문에 끌렸다고들 한다. 나에게 없는 결단력, 나에게 없는 박력, 나에게 없는 쾌활함, 나에게 없는 신중함…… 그런데 한참 지나면 그 점이 싫고, 그 점이 자기랑 안 맞는다고들 난리다. 연애할 때는 통통해서 좋다더니 살면서는 몸매 관리 좀 하라고 난리고, 과

묵한 것이 좋다더니 몇 년 살아보고는 벽이랑 얘기하는 게 낫다며 투덜댄다.

　열이면 열 다 척척 맞으면 좋겠지만 한 배에서 난 쌍둥이도 그건 불가능하다. 아예 처음부터 열 가지 중 세 가지만 맞으면 감사하다는 생각을 가지고 출발하라고 말해주고 싶다. 나머지 중 넷은 맞추어가고, 또 나머지 셋은 끝끝내 맞춰지지 않을 수 있음을 인정해라.

　모든 게 다 맞아야 하고 모든 걸 다 공유해야 한다고 생각하는 것이야말로 불행의 시작이다. 끝내 같아질 수 없음을 받아들이는 것이야말로 뒤집어보면 자기만의 개성을 상대에게 인정받을 수 있는 길이기도 하다.

　봄에 산에 가면 봄의 색깔로 야릇야릇 피어난 연초록 이파리들을 본다. 개나리와 진달래가 흐드러진 것을 보면 감탄사가 절로 나온다. 그것들을 보면서 봄 나무에게 왜 여름 나무처럼 이파리가 무성하지 않느냐고, 왜 더 큰 그늘을 드리우지 못하느냐고 하지는 않는다. 개나리보고 왜 진달래처럼 붉지 않느냐고 하지도 않고, 왜 일제히 피었다가 지느냐고 따지지도 않는다. 봄 나무는 봄 나무다워 좋고, 개나리는 개나리답기 때문에 좋아하는 게 아닐까?

　연로하신 내 어머니의 모습, 어머니의 말씀, 어머니가 해놓으신 일들, 이 모든 것들이 내겐 슬픔이다. 기어다니며 농사를 지어 양쪽 무릎에 박힌 새카만 굳은살, 흙물이 든 새까만 손톱, 자식들이 애써 번 돈으로 사다준 건데 쌀 한 톨인들 어찌 버리느냐면서 곰팡이가 난 밀가루 반죽을 이틀 동안 물에 담갔다가

안나의
즐거운 인생 비법

150

부침개를 부쳐 드셨다는 어머니……

쇠약해질 대로 쇠약해진 상태로도 계속해서 농사를 짓겠다고 시골집으로 데려다 달라고 하실 때마다 속이 상해 잠이 오지 않는다. 어머니는 농사를 짓다가 그대로 고랑 사이에서 돌아가시면 얼마나 행복하겠느냐고 하신다. 그런 얘기를 들을 때면 억장이 무너지지만 그것도 내 마음일 뿐이다. 자식 된 도리로 그렇게 보내면 두고두고 속상할 거 같다는 내 생각일 뿐이다.

어머니와 내가 아무리 닮았다고 한들 어머니가 내가 아니고 내가 어머니가 될 수는 없다. 당신이 살아오신 생을 인정하고 받아들이는 것이야말로 가장 큰 존중이고 사랑이라고 생각한다. 앞으로도 어머니는 나와 다르게 생각하고 나와 다르게 사실 것이다. 남편도 마찬가지다. 자식들도 마찬가지고 며느리나 손자손녀도 마찬가지다. 그들은 내가 아니다. 그들이 나일 수도 없지만 나와 같을 필요는 더더구나 없다.

우리는 똑같이 살기 위해 이 세상의 경험을 선택한 게 아니다. 저마다의 빛깔로 저마다의 경험치를 가지고 저마다의 성장을 위해 지금 각자의 길을 가고 있는 것이다. 내가 내 개성을, 내 생각을, 내 길을 인정받고 싶다면 상대를 먼저 인정해라. 더 나아갈 수 있다면 인정받기 위해 인정하지 말고 다름 자체를 아름다움으로, 환희로, 특별함으로, 놀라운 선물로 받아들여라. 그러면 상대적으로 '다름을 간직한 당신'도 그 자체로 선물이 될 것이다.

앗! 나의 실수 기다리기 싫어서

내과 진료를 받고 나오는데…

어머! 택시!

병원 정문으로 막 들어오는 택시!

운 좋네~!

어느새 아파트에 도착!

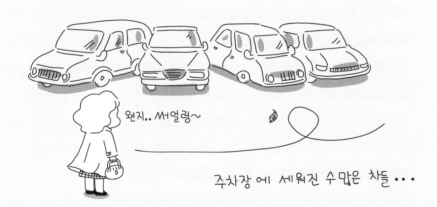

왠지.. 써얼렁~

주차장에 세워진 수많은 차들...

아차!

차를 병원에 두고 왔잖아!

오~! 버려진 채 서 있는 가여운 내차~!!

차를 몰고 집에 왔는데...

아차!
처방전을 안 찾아
왔잖아!

아이구!
귀찮다. 귀찮어.
그만두자! 약도포기!

산에 가는거였다면
아마 열번이라도 다시 갔을거다.

나는 늘 생각이 '안나' (^^)

당황하면 안나가 아니지

허리를 다쳐 제대로 움직이지도 못하면서 명절을 앞두고 친정어머니께 갔다. 어머니께 갖다드릴 것들이 많아 등산복에 배낭을 메고 나섰다. 어머니께 가서 설에 쓸 만두를 빚고 오려고 간 거였다.

먼저 밀가루 반죽을 해야 하는데 입고 간 바지에 밀가루가 묻을 것 같아서 바지를 뒤집어 입었다. 그러고 나서 아픈 허리를 짚어가면서 만두 속을 만들었다. 친정이 종가집이라서 손님이 많다.

3킬로그램짜리 밀가루를 다 반죽하고 만두 속도 함지박 하나를 거의 다 채웠다. 나는 밀고 어머니는 빚고 동생은 만두를 시루에 쪄냈다. 정오부터 빚기 시작한 게 오후 6시가 넘어서야 끝났다. 너무 늦게 끝나서 대강 치운 뒤 어머니가 싸주시는 것들을 배낭에 넣고 허둥지둥 친정집을 나섰다. 역으로 내달아가서 마침 들어오는 전철을 탔다.

전철엔 사람이 많아서 앉을 자리가 없었다. 자리는 없었지만 경로석 앞에 가서 섰다. 그런데 앞에 앉은 할아버지가 자꾸만 나를 바라보는 거다. 노인네가 왜 자꾸 바라보는 거지? 내가 괜찮은 할머니로 보였나?(착각은 자유다!^^) 새침을 떨면서 서 있다가 무심히 내려다본 내 바지! 으아~~!! 점퍼 지퍼라도 채웠으면 나았을 텐데, 점퍼는 열어놓고 허리가 아프니까 오른손은 허리에다 갖다댄 채 버티고 섰는데, 뒤집어 입은 바지 양쪽으로 바지 주머니가 탁구 '빳따' (라켓, 이런 말 알지만 이 순간엔 빳따가 어울린다)처럼 매달려 있고 뒤집어진 허리춤엔 상표가 허옇게 매달려 있었다. 그렇다고 뒤쪽은 괜찮냐! 아니지! 뒤쪽은 뒤쪽대로 커다란 주머니 두 개가 개 '세빠닥' (혓바닥)처럼 디룽디룽 달려 있었던 것이다. 그리고 양쪽 다리 옆으로는 바지 솔기가 좌악 늘어져 있고⋯⋯ 하여튼 그런 꼴불견이 없었다.

커다란 주머니 네 개가 허리 둘레로 주렁주렁 달려 있는 게 마치 〈트로이 전쟁〉에서 브레드 피트가 입었던 갑옷(?) 비슷해서(설마!) 그 와중에도 비죽 웃었다. 그런 와중이라고 당황하면 '안나' 가 아니지! 당당히 서서 책을 꺼내 읽기 시작했다. 사람들이 아마 속으로 '치매 걸려 정신이 오락가락하는 할머니가 책을 들고 섰네. 진짜 읽기나 할까?' 이랬을 거다.

다행히 청량리역에서 앞에 앉은 할아버지가 내렸다. 나를 계속 흘금대면서. 경로석에 앉으니 왼쪽은 벽(?)이라서 가려졌고 오른쪽엔 긴 코트 입은 할아버지가 있었는데 졸고 있어서 다행이었다. 나는 다리를 꼬고 앉아서 한국 대표 작가들이 들려주는《내 문학의 뿌리》란 책을 읽기 시작했다. 책을 읽는 동안 처음엔 온 신경이 바지로 쏠렸지만 어느새 책에 빠져들었다. 그러다 결국 아! 이런이런~! 부평에서 내리지 못하고 백운역을 지나서 동암, 간석을 지나 주안까지 갔다. 쫓기듯 전철에서 내려서 계단을 올라 반대쪽 계단을 내려가서 다시 전철을 기다렸다. 부천을 지날 때 영감이 전화로 어디냐고 물어 부천이라고 했는데 주안까지 갔으니 왜 이리 늦나 걱정할까 싶어 전화나 해줘야겠다 싶었다. 앗! 그런데 전화를 하려니 그새 배터리가 나가 있었다. 예비로 가져간 배터리는 뒤집어진 바지 주머니 속에 있었다. 꺼내려니까 뒤집어진 주머니라서 그냥은 안 꺼내졌다.

하는 수 없이 바지 지퍼를(뒤집어 입어서 지퍼 내리기도 힘들었다) 내리고 바지 속으로 손을 넣어서 건전지를 꺼냈다. 옆에 선 아저씨가 흘끔거렸다. 보긴 뭘 보누! 할머니가 괴춤에서 사탕이나 돈 꺼내는 건 보통이지.

그렇게 해서 영감에게 여차저차해서 주안까지 왔으니 좀 기다리라고 했더니 그러지 말고 택시를 타고 오란다. 잠시 그럴까 생각도 했지만 택시비가 적어도 5천 원은 나올 텐데…… (알뜰하기도 하지!) 잠깐 얼굴에 철판 깔고 무료전철 타면 그 돈을 아낄 수 있는데 말이다. 마침 전철이 와서 올라타고 보무도 당당히 빈자리를 향해 걸어가 앉았다!

그렇게 해서 부평에 내리자마자 대낮같이 환한 지하상가를 육군 보병 행군하듯이 걸었다. 지하상가에 액세서리점을 하는 동생 같은 아주머니가 있어서 잠시 들러 내 차림을 보여주면서 여차저차해서 이런 차림으로 서울에서부터 왔다고 했더니 맨바닥에 주저앉아서 눈물을 줄줄 흘리면서 웃는다. 집에 와서는 또 영감 앞에서 한 바퀴 돌면서 설명해 줬다. 그런데 허리까지 아픈 마누라가 걱정이 되는지 남편은 웃지 않았다. 역시 남편이 제일이다.

이 나이에 엄마한테 야단맞기가 쉬운 줄 아니?

오랜만에 큰맘 먹고 집안 정리를 시작했는데 너무 바빠서 그냥 방치해 두다시피 했던 베란다 창고를 열어봤다! 그 순간 온몸에 소름이 돋았다. 창고 안은 온통 바구미의 천국이었다.

창고 안이 온통 까만 깨를 뿌려놓은 듯했다. 정신없는 할망구가 쌀 한 자루를 창고에다 두고 새까맣게 잊고 있었던 거다. 바구미가 새까맣게 달라붙어 웅실웅실 기어다니는 쌀자루를 우선 종량제 봉투 30킬로그램짜리에다가 넣어서 동여매 놓고 나서 이번엔 플라스틱 통을 열어보니 그 속에도 쌀이 들어 있었다. 그렇게 창고에다 보관해 놓고는 까맣게 잊고 있었던 거다.

"으이구, 내가 미쳐! 이런 마누랄 데리고 사는 우령감 너무 불쌍해."

이러면서 온통 바구미가 바글거리는 걸 밖으로 내놓고 창고 안에다가 모기약을 융단 폭격하듯이 뿌려대고는 문을 닫았다. 한참 있다가 창고를 열어보니 바구미가 몰살을 당한 듯(?)했다.

그러고는 그 쌀자루와 쌀이 든 플라스틱 통을 남편 모르게 안아다가 내 차에 실었다. 이유는 쌀을 그 지경으로 방치해 둔 게 남편에게 너무 미안했고, 어머니가 계시니 시골 방앗간에 가지고 가서 떡이나 할 요량이었다.

어머니께 가자마지 마당에 있는 수돗가로 먼저 가서 동생더러 큰 물통을 가져오라고 해서 수돗물을 틀어놓고 쌀을 쏟아부었는데 으아~ 쌀 반 바구미반이었다.

어머니가 나오시기 전에 바구미를 씻어 내려는데 아마 백 번도 더 씻어냈을 거다! 쌀값보다 수돗물 값이 더 나가지 싶을 정도로 헹구고 또 헹궈냈다! 물에 뜬 까만 바구미들이 씻겨 내려가는데 그렇게 시원할 수가 없었다.

쌀이 얼마나 많은지 큰 물통이 모자라서 작은 물통까지 내다가 두 군데에 담가놨는데 어머니께서 마당에 나오셨다가 보시고는 깜짝 놀라셨다. 아니 무슨 떡을 이리 많이 하느냐고 하셔서 여차저차해서 다 담글 수밖에 없었다고 하니까 쯧쯧 혀를 차시더니 "아니 키에다가 까불러 내면 다 나가는 것을 저렇게 많이 떡을 하면 이 여름에 다 어떻게 하느냐"고 걱정을 하셨다.

저녁때가 되어서 쌀을 엄청 큰 바구니와 채반에 건져서 물기를 뺀 뒤 차 트렁크에 싣고 방앗간으로 갔다. 쌀이 거의 서 말은 될 듯싶어서(허유, 너무 많았다) 어머니가 냉동실에 삶아두신 쑥 두 덩어리를 갖고 가 반 말은 쑥 절편으로, 반 말은 그냥 흰 절편으로 하고, 나머지 쌀은 모두 가래떡으로 빼달라고 했다. 방앗간 아주머니가 웬 떡을 이렇게 많이 하냐고 해서 쌀에 바구미가 많이 났는데 버릴 수 없어서 갖고 왔다고 했더니, "그래도 연세가 있으시니 안 버리시고 떡을 빼시지 젊은이들 같으면 내다버린다니까요" 이러면서 얼마 전 서울 며느리네 갔다가 온 할아버지가 며느리네 아파트 쓰레기장에서 쌀 닷 말 자루를 주워 왔다는 소릴 들었다고 했다. 그러니 난 얼마나 알뜰한 할머닌가 싶어서 내가 너무 대견했다. 푸히히히~!

　방앗간 아주머니가 쌀을 빻아서 시루에다 안쳐서 쪄내는 동안 동생하고 나는 방앗간 의자에 앉아서 방금 슈퍼에서 산 '돼지바'를 아줌마도 한 개 주고는 맛있게 먹기 시작했다. 그런데 아주머니가 시루에 안친 쌀가루가 영 김이 오르지 않는다면서 조금 뜯어낸 조각을 갖다주며 아무래도 이건 찹쌀이라는 거였다! 옴메야! 찹쌀이라니…… 게다가 큰일 난 게 순 찹쌀이 아니라 자루에 들었던 건 찹쌀이었고, 플라스틱 통에 들었던 건 멥쌀이었던 거다!

　하는 수 없이 먼저 시루에 있던 가루는 물을 줬는데 나중 것은 물을 주지 않아서 그냥 인절미로 뽑기로 했다. 멥쌀이 섞인 인절미…… 서 말 떡이 모두 가짜 인절미로 '맹글어진' 거였다.

　뜨끈뜨끈한 인절미(?)를 통에 담고 콩가루도 한 됫박 사서 집으로 싣고 갔다. 어머니가 보시더니 내가 너무 한심한지 기막혀하며 웃으셨다. 아니 여태 찹쌀과 멥쌀을 구별을 못하냐고 하셨다. 그게 아니라 바구미가 우글거리는데다가 바구미가 갉아 먹어서 가루가 된 쌀도 많이 섞여 찹쌀인지 멥쌀인지 몰랐다고 변명을 했더니, "아니, 찹쌀 자룬지 멥쌀 자룬지도 몰랐냐"면서 더 혼났다. 그래도 이 나이에 엄마한테 한심하다고 야단맞을 수 있다는 게 얼마나 좋나! 엄마한테 야단맞을 땐 나이를 잊게 된다.

　그래서 내린 결론이 콩고물을 묻히지 말고 그냥 주먹만큼씩 떼어내서 랩에다 싸 냉동실에 넣기로 했다. 동생들에게도 찰떡(?) 스무 덩어리씩을 가져가게 했다. 뜨거울 때 먹으니까 그래도 먹을 만했다.

다음날 아침, 얼려둔 떡을 꺼내놓고 밭으로 나갔다. 한참 일하고 들어와서 녹인 떡을 뜯어서 먹어보니까 말랑말랑한 게 아니라 뚜걱뚜걱한 게 맛대가리가 하나도 없었다. 백 퍼센트 찹쌀떡은 얼렸다 녹이면 말랑말랑한데 이건 빨래 비누 덩어리 같은 게 영 맛이 없었다.

프라이팬에 기름을 두르고 구워봤는데도 맛이 별로였다. 동생이 "저 많은 떡을 어쩌지?" 하길래, 그래도 구워서 먹으라고 했더니 모두 "내가 언니 때문에 미친다!"고들 했다.

예순아홉 살이나 되었지만 아직도 너무나 한심한 딸이 안심치 않으셔서 아흔셋이나 되신 우리 어머닌 돌아가시지 못할 거다. 백 살까지 날 지켜주실 거다. 암~!

안경 세탁, 해보셨수?

'우리 땅 걷기 모임'에 참여하고 와서 입었던 옷을 죄다 세탁기에다가 넣고 와르릉와르릉 돌렸다. 세탁이 끝났다는 경쾌한 음악을 들으면서 세탁기 속에서 세탁물을 꺼내들고 베란다로 나가서 하나하나 빨랫줄에 널려는데 점퍼 속에 뭐가 짚이는 게 있다. 꺼내보니까 아흐~ 내 선글라스!

할마씨가 멋은 내고 싶어서리 붉은빛이 도는 선글라스를 처억 하니 쓰고 나갔었는데, 이게 뭐람. 마치 삼계탕 속의 닭이 두 다리를 꼰 것처럼 선글라스의 두 다리가 꼬여 있었다. 다리 꼬인 안경을 그냥 안경점으로 가서 맡길 것이지 내 딴엔 조심조심 풀어보려던 게 그만 따각! 소리를 내면서 다리가 부러지고 말았다. 가슴이 아프다. 엄마 선글라스가 구형이라고 작은아들이 외국 다녀오면서 사다준 건데⋯⋯

그러니까 지난해 안경을 세 개나 잃어버렸고 올해는 선글라스를 망가뜨린 거다. 아들이 사준 건데 못 쓰게 됐다 하더라도 어떻게 저걸 버리겠나! 우리 집에는 망가졌지만 차마 버리지 못하는 것들이 많이 쌓여 있다. 태워버린 냄비도 손꼽을 수 없을 만큼 많다. 타서 못 쓰게 된 법랑 냄비, 프랑스산 울트라 냄비, 무쇠 냄비, 그리고 뜨거움에 못 이겨 깨져버리고 테만 남은 냄비 뚜껑⋯⋯ 손녀딸 봐줄 때 젖병 소독한답시고 눈금이 다 늘어나도록 태웠던 젖병도 보관하고 있다.(우리 보물단지 손녀딸이 먹던 젖병을 어디다 함부로 버리겠나!) 손녀딸 시집 갈 때 손녀딸 신랑한테 보여줄 거다. 삶다가 태워버린 영감 '난닝구 사쓰'(할머니 버전입니다), 가스 불 옆에 놔뒀다가 녹아버리기 직전에 발견해서 말랑말랑할 때 조물조물 주물러 그런 대로 쓰는 플라스틱 바가지⋯⋯

이런 것들을 왜 버리지 못하는지 궁금할지 모르겠지만 내 생각은 이렇다. 남들이야 그림이다 도자기다 붓글씨다 해서 한 솜씨 발휘한 작품들을 모아서 전시회를 하는데 나 같은 무재주야 언감생심 전시회할 꿈이나 꿀 수 있겠나? 그렇지만 별난 요즘 세상이니 혹여 건망증 전시회를 열 수 있을지 아나? 누구 그딴 물건 있으시면 찬조 출품 생각해 보시길……

그나저나 저것과 똑같은 선글라스가 있으면 살 텐데, 아들한테 뭐라고 해야 할지 고민이다. 지금까지 돈 세탁은 여러 번 했어도 안경 세탁은 첨이다.

이런 날은 말이지……

요즘 허리가 아파서 한의원에서 물리 치료를 받고 있는데 가기 싫은 걸 억지로 나섰다. 오늘은 나간 김에 미뤄뒀던 임플란트 정기 검사 받으러 치과도 가기로 했다. 나간 김에 할 일이 또 있었다. 청바지 길이가 너무 길어서 수선집에 가서 맡겨야 했다. 그러니까 세 가지 일을 보러 나간 셈이다.

물리 치료 받는 동안의 지루함을 달래기 위해 책도 한 권 넣었다. 집을 나서기 전에 신을 신다가 불에 얹어놓은 거 없나 주방으로 갔더니 불도 얌전히 꺼져 있다. 가스레인지 위도 깨끗이 닦아서 정갈하다. 이런 내가 신통하다.

집에서 한의원까지는 걸어서 10분. 가을 날씨가 눈부셨다. 어디로 떠나고 싶다. 가을 산행을 해야는데 이놈의 허리가 웬수다. 이 생각 저 생각 하며 걷다보니 역 쪽이다. 에메메! 한의원을 한참 지났다. 되돌아가서 한의원 엘리베이터를 탔다.

한의원으로 들어서니까 아차! 오늘은 모요일!(목요일로 쓴다는 거 나도 안다.) 진료가 없는 날이다. 치과로 갔다. 들어서니까 간호사가 내 담당 원장님이 오늘은 쉬는 날이란다. 또 허탕이다. 그럼 수선집에 가서 바지를 맡겨야지. 층계를 힘들게 내려갔다가 반대 방향으로 다시 올라가서 시장으로 가려다 보니까 바지는 신발 신다가 현관에 두고 왔다.

허유~ 모처럼 외출복 꺼내 입고 나갔는데 말짱 다 허탕이다. 터덜터덜 집으로 들어왔다. 맥이 빠져서 좋아하는 커피나 내려 먹자 하고는 원두커피를 내렸다. 향긋한 커피향이 환장하게 좋다. 한 컵을 내려 마신 후, 다시 또 한 컵…… 아, 행복하다.(난 커피만 마시면 행복하다.)

어마! 한약을 먹는 중에 금기 식품이 커핀데. 에이~ 께름칙하다. 출출한데 빵이나 한 조각 먹자 하고 말씬말씬하게 부드러운 빵을 뜯어서 꿀꺽 삼키고 나자, 어머 '밀까리'도 먹지 말랬다! 앗! 오늘 1시에 약속이 있었는데 영감더러 점심 먹으러 일찍 들어오랬다! 오늘 내가 왜 이러지? 정말 미치겠다! 이런 날은 이딴 음악이 딱이다. 아싸아, 지가지가 짠짠! 지가지가 짠짠! 좌~좌~!

난 왜 이렇게 알뜰한 거얌

남편이 요즘 기운을 못 쓰길래 인삼을 달여 먹인다고 아끼는 울트라 냄비에다가 굵직한 인삼 한 뿌리를 넣어서 생수를 붓고 중불에다가 달이기 시작했다. 그런데 신문을 보니까《몽실 언니》《강아지 똥》을 쓰신 권정생 선생님 기사가 나온 거다. 소파에 털퍼덕 궁뎅이 붙이고 앉아서 읽기 시작했다. 그렇게 신문이나 읽었으면 됐지 '옳지! 좋은 기사구나! 우리 블로거 님들께도 알려드려야겠다'는 생각에 바로 컴퓨터를 켜고 기사를 올렸다. 이때 어떤 독자분이 보내준 타이머를 떠올렸으면 얼마나 좋았을까? 주방 벽에 걸어둔 타이머 따로 나 따로 '따로국밥'이다. 그래도 어쨌거나 타이머는 나의 주방 보물이다. 여튼, 신문 기사 읽었지, 그 기사를 컴퓨터 켜고 입력하여 블로그에 올렸지, 시간이 꽤 갔다.

그런데 어디선가 들려오는…… 아니지, 코끝에 은은히 스치는 수상스런 냄새! 달려가 보니까 '인삼 구이'가 되어 있었다. 냄비 바닥은 아무리 닦아도 닦아도 자국이 가시질 않는다. 지난번 냄비 태웠을 적에 어느 블로거가 물에다 식초를 타서 끓여보라던 말이 생각이 나 그렇게 해봤는데, 워낙 많이 탄 탓에 별로 효과가 없었다. 그래도 쬐끔 벗겨지긴 했다. 워낙 살림 솜씨가 알뜰한지라(ㅎㅎㅎ) 식초 끓인 물은 다시 또 태웠을 때 쓰려고 버리지 않고 냄비에다가 부어놨다.

그러고 나서 컴퓨터 중독증 불치병에 걸린 이 할망구는 다시 방으로 와서 '가나다 게임'에 몰입했다.(내가 시험 공부를 이렇게 했으면 서울대는 못 갔겠나!) 한참 "뿅! 뿅!" 소릴 내며 맞춰 나가고 있는데 주방에서 남편이 소리를 질렀다.

"아니! 인삼 달인 물이 왜 이렇게 신 거야? 퉤퉤!"

그러니까 내가 인삼을 다 달여서 인삼은 건져내고 인삼 원액만 남긴 줄 알고 컵에 따라서 훌쩍 마신 거다. 그래도 걱정은 없다. 어디선가 읽으니까 식초가 몸에 좋다던걸? 억지로 마시면 그 신 걸 어떻게 마시겠나? 자기도 모르는 새에 훌쩍 마셨으니 보약이 따로 없다. 그나저나 인삼 구이는 버리자니 아깝고 구웠으니까 인삼 엑기스는 배어 있을 거 아닌가? 그래서 이 알뜰한 할머니는 너무 구워서 만질 수도 없이 말랑말랑한 인삼 한 뿌리를 꿀(!)에 재워뒀다. 기회 봐서 저 가여운 영감에게 먹여야지!

아! 난 정말 왜 이렇게 알뜰한 거얌!

안나의
즐거운
인생 비법
10 >> · ·

영원히
살 것처럼 배워라

경제적으로 너무 힘들다보니 나이 쉰이 넘도록 하고 싶은 것도 못해 봤고 뭘 배워보지도 못했다. 내 나이 쉰이 되었을 때, 주변에서 많은 사람들이 운전을 배웠다. 차를 사서 끌고 다닐 형편은 못 되었지만 그래도 운전을 배워보고 싶은 생각이 들었다. 곧바로 문제집을 사서 출퇴근하는 전철 안에서 공부를 했다.

운전면허 필기 시험 날, 시험장에서 나를 본 아가씨 둘이서 저희들끼리 소곤댔다. "저 아줌마도 시험 보러 왔나봐. 저 아줌마는 되고 우린 떨어지면 창피해서 어쩌냐?"

그 소릴 듣고 주위를 살펴봤더니 대개가 남자들과 젊은 아가씨들이었다. 내가 너무 늦었나 싶었지만 기죽지 않고 시험을 치렀다. 시험이 끝나고 나서 합격 여부를 기다리는데 느닷없이 내 이름이 불렸다. 어리둥절해서 일어서니까 그날 응시자 가운데 최고 점수라며 박수를 쳐줬다.

컴퓨터가 널리 보급되기 전엔 한 학교에 컴퓨터가 한두 대뿐이었다. 학기 초에 학급명부를 만들어야 했는데, 컴퓨터를 할 줄 아는 젊은 교사에게 부탁을 해야만 했다. 매번 미안하기도 했지만 맘에 들지 않아도 그대로 써야만 하는 것이 불편했다. 학원을 다니자니 쉰 살도 넘은 나이에 젊은이들 틈에서 속도를 따라가기 힘들겠고 궁리 끝에 개인 지도를 받기로 했다. 일주일에 두 시간씩 한 달간 배웠으니 총 여덟 시간을 배운 셈이다. 그러고는 컴퓨터를 사서 매일 출근하기 전에 한글 타자 연습삼아 신문 사설을 입력하기도 하고 내가 좋아하는 시 100편을 골라 그림까지 넣고 프린트를 해서 선생님들에게 나눠주기도 했다.

이 나이에 블로그를 할 수 있는 그때 컴퓨터를 배운 덕이다. 블로그를 하면서 음악 넣기도 배우고 사진 올리는 것도 할 수 있게 됐다. 게임도 실어다 나르고, 움직이는 동영상 이모티콘도 내 맘대로 올릴 수 있다.

올해 아흔셋이신 어머니께선 칠순에 한글을 배우셨다. 숫자를 몰라서 전화도 못하시던 어머니가 숫자를 깨우쳐 손수 전화를 하셨던 날을 잊지 못한다. "어멈아! 이거 내가 혼자 전화 거는 거다" 하면서 그렇게 좋아하실 수가 없었다. 일흔에 혼자서 공부를 하신 어머니께선 그때부터 지금까지 일기를 쓰고 계신다. 그 일기를 모아 책으로도 출간했다.

몇 해 전, 인도로 여행을 떠날 때 어머니를 찾아뵙고 "엄마, 저 여행가요" 했더니 그때 내게 하신 말씀, "그래, 젊을 때 많이 돌아다녀라!" 늙고 젊음도 상대적인 거다. 피부가 조기 노화되거나 흰머리가 나는 건 신경 쓰면서 정작 우리의 마음이 늙어가는 것에는 너무 관대한 건 아닌지 모르겠다. 배움이나 새로운 것에 대한 도전에는 너무 수동적인 것이 아닌지 말이다.

가끔씩 언론에 소개되는 사람들 중에 일명 '실버 스타'들을 보면 참 기분이 좋다. 힙합 할아버지로 소문난 박성규 씨는 "인생의 졸업을 아름답게 하고 싶어서" 환갑에 힙합과 에어로빅을 배우기 시작해 지금은 10년이 넘은 베테랑이라고 한다. 또 70~80대로 구성된 할머니들 인형극단 소식도 나에겐 상당히 감동적이었다. 인형을 손수 만들고 같은 동작을 400여 차례 반복해서 익히고 그 익힌 솜씨를 가지고 봉사 활동을 한다. 할머니들 중에는 관절염과 갑상선, 우울증이나 치매 증상이 있는 분도 있었는데, 공연을 하면서 그런 증상들이 사라졌다고 한다. 칠십이 넘어 레크리에이션 강사로 활동하고 있는 이문옥 씨나 환갑이 넘어 중학교에 다니고 있는 박영선 할머니 등등 정말 배움과 도전, 나눔을 멈추지 않는 사람들의 사연을 볼 때마다 박수를 보내게 된다.

어쩌면 젊은이들은 뭔가를 배우거나 시작할 때 투자한 것만큼 이득을 얻으려는 계산이나, 결실을 보고자 하는 결과 중심주의 때문에 오히려 더 잘 도전하지 못하는지도 모르겠다. 온전히 즐기지도 못하고 말이다. 당장의 결과에 마음 두지 말고, 영원히 살 것처럼 배워라. 그러면 배우는 동안은 즐겁고, 그 즐거움이 쌓이면 결과도 따라오게 되어 있다.

아무것도 하지 않는 사람과 하고 싶다고 말만 하는 사람은 하나도 다를 게 없다. 그러나 시작하는 사람은 그들과 100퍼센트 다르다. "하고 싶었다"와 "했다"의 차이는 그렇게 어마어마한 것이다.

무언가 꼭 배워보고 싶다면, 어디론가 떠나보고 싶다면 당장에 시작하고 당장이라도 떠나라고 등 떠밀고 싶다. 바람이 불지 않는데 바람개비를 돌게 할 수 있냐고? 그렇다! 바람을 기다리지 말고 내가 달리면 바람개비는 돌 것이다.

앗! 나의 실수 냉장고를 여얼어보오니~

초를 다투는 아침 출근 시간!

바쁘다!
바뻐!

우유 먹을 새도 없어
배달 된 우유는 냉장고에!

갈아 입은 빤쓰는
세탁기에!

아이고!

부랴 부랴 출근중인 안나

그날 저녁 ....

여보~!
당신은 팬터를 냉장고에
넣어두고 입어?

무슨 팬터를
냉장고에
))넣어요?

스윽~~
냉장고를 열어 보~오~니~이~니~
(김창완의 노랫말처럼) ♪ ♪

고등어가 있는게
아니라...
-끼익

끼앗~!

핑크색 ♥ 팬티 ♡ 가
들어 앉아 있는 거다!

아차!

그럼, 우유는?

아이쿠!...

나, 여기 있어요!

뿡 뿡 하게 불어터진 우유는
세탁기속에 들어 앉아 있었다.

안나의 멋진 영어 실력

이건 정말 부끄러운 이야기다. 그래도 책까지 냈다는 할머니가 영어 실력은 영 "꽝!"이다. 내가 이 나이에 가릴 것도 잘난 체할 것도 없으니 공개한다. 못난 게 잘난 체하기가 얼마나 어려운데…… 아시는 분은 아실 거다.

그러니까 인도에 가서 엿새 날짼가? 빡빡한 일정에 강행군을 한 탓인지 호텔에 도착해 씻자마자 침대로 들어가서 잤다. 잠결에 들으니까 좔좔좔 물소리가 그치지 않고 났다. 한참 기다려도 소리가 멎지를 않아서 피곤해 죽겠는데 눈 비비고 일어나 무슨 일이냐고 물었더니, 변기의 물을 내렸는데 멎지를 않는다는 거다. 가이드를 부르자니 너무 늦었고, 아래층 프런트엔 가기 싫고……

우선 전화기를 집어 들었다! 신호가 가고 금방 "헬로우!" 하는 소리가 났다. 순간 머리가 띵해졌다. '뭐라고 해야지? 그까이꺼 암케나 지껄여보자, 젠장!'

"마이 룸 넘버… 투. 쓰리. 세븐! 토일렛……(그 담에 물이 멈추지 않고 흘러넘친다는 말을 뭐라고 하지?…… 아이고! 내가 알게 뭐야. 암케나 해보자. 알아듣거나 말거나!) 토일렛…… 워터…… 넌스텁!"

무식쟁이 안나의 영어 실력을 비웃지 마시라. 잠시 후 벨소리가 나고 문을 열어보니 얼굴 새카만 인도 아저씨가 연장통을 들고 서서 씨익 웃고 있었다. 성공한 '거시여따!' 아! 난 어쩜 이렇게 회화를 잘하는 거지?

문제는 그 다음날부터다. 내 짝꿍 대구 아줌마는 쇼핑할 적마다 나를 끌고 가는 것이다. 통역해 달라고! 음하하하~

말이 나왔으니 말인데, 1996년에 인천 시내 여교사들과 같이 로마엘 갔었다. 저녁에 호텔에 들어갔는데 가이드 말이 저녁에 함부로 외출하지 말라는 거다. 지금이나 그때나 남 선동하는 데는 한몫하는 안나인지라 저녁 먹고 난 뒤 잠이나 잘 일이지 밖에 나가자고 선생님들을 꼬드겼다. 호텔에 비치해 둔 호텔 이름과 전화번호가 적힌 종이를 갖고 나가면 길을 잃었을 때 택시 타면 되지 않겠느냐고 해가면서. 솔깃해진 선생님들이 순한 양처럼 나를 따라나섰다.

호텔에서 전철역이 가까웠으므로 가기가 수월했다. 전철 타고 가다가 로마 중심가 역에 내려서 지도 한 장 펴들고 시내 구경을 했다. 스페인 광장도 가보고 그 유명한 아이스크림도 사 먹어보고, 싼 티셔츠도 하나 사고…… 그야말로 재밌는 시간들을 보냈다. 그런데 한참을 돌아다녔더니 그만 방향 감각을 모두 잃어버린 것이다. 전철역이 어느 방향인지 깜깜했다. 모두 겁먹은 표정으로 나를 바라보는데 내가 주동자 역할을 했으니 방법을 강구해야만 했다.

마침 꽃미남 청년이 마주 오길래 내가 나서서 이렇게 말했다. "전철 역이 어디 있어요?"라고 묻고 싶었으나 내 실력에 어떻게 이 문장을 말하나? 하여, "플리이즈~ 메트로?" 그랬더니 왼쪽 방향을 가르쳐주었다. 그냥 그 쪽으로 걸어가면 될 것을 거리가 얼마나 될지 궁금했다. 얼마나 머냐고 묻고 싶었으나 역시 문장이 안 되니 "메트로……" 하고 나서 걷는 시늉하고 손목시계를 가리켰다. 요 녀석이 제법 영리해서 씨익 웃더니 천천히 걷는 시늉을 한 뒤 기다랗고 하얀 손가락을 일곱 개 펴 보인다. 이번엔 빨리 걷는 시늉을 하더니 손가락 다섯 개를 펴 보이는 거다.

아유, 이쁜 놈! 그러니까 뭐 그게 다섯 시간이나 일곱 시간은 절대 아닐 테고, 빨리 걸으면 5분 걸리고 천천히 걸으면 7분 걸린다는 소리 아닌가!(아, 난 너무 똑똑하다!) 나는 샐쭉 웃어주고 나서(그땐 내 웃음도 쓸 만했다!) 탱큐! 탱큐! 베리 탱큐! 해줬다. 영리한 고놈도 웃고 우리도 웃었다. 이렇게 하고 다니니까 영어 실력이 영 말이 아닌 나도 겁 없이 잘 다닌다.

새해엔 영어 공부 좀 할까? 말까? 허유! 어쨌든 새해에도 웃고 살자구요, 해피 뉴여!!~

날 우습게 봤어!

어머니께 갔다가 돌아오는 길이었다. 외곽 순환로를 타고 오다가 중동으로 빠지는 길목에 이르렀을 때다. 갓길로 오던 이삿짐센터 차가 갑자기 내 차를 앞질러 빠져나가다가 내 차를 긁었는지 버거거걱 소릴 내며 지나쳐갔다. 내 차에 흠집이 생긴 게 분명했다. 그런데 앞차는 그냥 가는 거였다.

"이게 날 우습게 봤어!" 하며 클랙슨을 "빵! 빵!" 울려대며 뒤를 쫓아갔다. 그런데도 모른 체하고 계속 달려간다. 나도 이 앙다물고 뒤를 쫓았다. 만약의 경우를 대비해서 차 뒤꽁무니에 적혀 있는 전화번호를 눈 부릅뜨고 외우면서 따라갔다. 그랬더니 얼마를 가다가 차가 서더니 장정 세 사람이 내렸다.

"아니, 남의 차를 흠집 내놓고 그냥 가면 어떻게 해요?"

"아줌마가 끼어들었잖아요?"

내 참 기가 막혀서, 날 뭘루 봤어!

"아니, 이 아저씨가 누굴 바보로 알아? 당신이 갓길로 가다가 갑자기 끼어들었잖아요?"

쪽 째진 눈꼬리를 꼿꼿이 세워가지고 노려봤다. 새벽 일찍 일어나서 어머니 농사짓는 밭 김매느라고 자주색 체크 칠부 몸뻬 바지에 가당치 않게도 연두색 낡은 티셔츠를 입고, 머리엔 빛바랜 하늘색 등산 모자를 쓰고 발에는 끈 떨어져 나간 꺼먼 샌들을 신은 내 몰골이라니.

그런 할망구가 손톱 밑에 흙이 박힌 새카만 손을 해가지고는 허리에 얹었다가 삿대질했다가 하면서 덤볐더니, 옆에 있는 남자가 "이거 카 센타에 가서 고치면 돼요" 이런다.(차 밀러가 훌떠덕 벗겨졌고 차 문도 긁혔다.)

"그래서 나더러 이거 고치라구요?"

내가 졸음 운전 피하느라 껌을 씹고 있었는데 껌 씹으면서 침을 칵 뱉으려다가 관뒀다. 막 가는 할망구 같은 모습에다가 허리에 손 얹고 껌 씹으면서 침이라도 뱉어주면 나도 꽤 무서워 뵈지 않았을까? 크흐흐~! 하여튼 내가 '무서버' 뵀던지 한결 부드런 목소리로 "아닙니다. 여기 명함 있습니다" 하면서 명함 한 장을 내밀었다. 그냥 받을 수 없지! 명함 전화번호와 차 꽁무니에 적힌 전화번호를 대조해 봤더니 똑같았다.(아, 난 참 똑똑해! 내가 똑똑하다는 사실이 흐뭇하고 기뻤다. ㅎㅎㅎ) 그제서야 명함을 챙겨 넣고 돌아서며 한마디 했다.

"젊은이! 운전 그렇게 하는 거 아냐! 그리고 경우 없이 그러면 안 되는 거지" 하며 내 운전석에 올라앉았다. 아, 그런데 '원조 길치' 인 내가 그 놈의 차 꽁무니만 보고 따라가느라고 어딘지 모를 곳에 와 있는 거다. 에메메~ 그래, 길이야 얼마든지 있지 생각하며 한참을 헤매다 집으로 왔다.

내가 운전한 이후로 바보같이 내 잘못도 없이 덤터기만 썼는데 오늘은 목소리 좀 제대로 냈다! 여하튼 간에 접촉 사고를 당하고 보니까 수리 센터에 갈 일도 번거롭고 귀찮다.

접촉 사고가 어디 차뿐이랴! 남녀 관계에서도 접촉 한번 잘못했다간 패가망신 큰 코 다치니 조심할 일이다.(차 사고 얘기하다가 이건 또 무슨 뚱딴지 생각이람. 쩝!)

머리를 길러, 말어?

난데없이 자전거를 배우게 되었다. 처음엔 무섭고 겁도 났지만 '두 다리 멀쩡해 가지고 남들 다 타는데 못 탈 것 없지' 하고 손녀딸이 타던 자전거를 꺼내 가지고 작은아들과 함께 근처 초등학교 운동장으로 나갔다.

아들의 설명을 귀담아들었지만 막상 자전거에 올라앉으니까 겁이 잔뜩 났다. 브레이크 잡을 생각은 하지 않고 다리부터 내려놓다 보니까 자전거와 함께 몇 번이나 몸뚱이를 운동장 바닥에 태질을 쳤다. 그렇게 한 시간 가량 달리다보니까 어느새 아들이 잡아주지 않아도 운동장을 몇 바퀴 돌게 되었다.

아직 코너를 돌 때는 속도를 줄이며 겨우겨우 돌지만 "멀리 봐라" "힘을 빼라"는 두 가지는 제대로 안 된다. 목표 지점을 향해 가다보면 지그재그로 비틀대기도 한다. 그래도 열심히 타다보면 남들처럼 타게 되겠지.

손자 녀석이 할머니 자전거 타는 걸 재미있다는 듯이 지켜봤다. 여유 있게 자전거를 타가면서 말이다. 난 언제 저 녀석처럼 자전거 위에서 서보나?!

우리 영감이 나더러 "당신 이제 또 사이클 동호회에 들어가야겠네!" 해서 웃었다. 아무리 내가 사이클 동호회까지 들어가게 될라고! 꼭 수박 쪼개 뒤집어쓴 것 같은 헬멧을 쓰고 쫄바지 입고 허리를 차악 꼬부리고 내달릴 걸 상상해보니 너무 우스워서 혼자 벌쭉 웃었다.

집에 와서 샤워를 하면서 보니 두 무릎과 종아리에 시퍼렇게 멍이 들었다. 내일은 새벽에 자전거 끌고 학교 운동장으로 가서 아무도 없을 때 씽씽(?) 달려볼 거다.

처음엔 손녀딸이 타던 낮은 자전거로 연습했다. 두 다리를 내리면 바로 발이 땅에 닿아서 덜 무서웠다. 그러다가 손자놈 자전거로 바꿔 연습을 했다. 자전거를 제대로 탈 때까지 연습하려고 손자놈 자전거를 우리 집으로 가져왔다. 이제 매일 새벽에 나가서 익숙해질 때까지 탈 거다. 그래서 올 가을쯤엔 두 며느리 데리고 한강변을 달려볼 거다. 아앗~싸아~! 바람을 가르며 달려보자. 가만, 머리카락을 바람에 흩날리며 멋있게 달리려면 머리를 길게 길러야 하려나?

칠쎄이와 만베기

오늘은 우리 영감 초등학교 동창회가 고향인 강원도 홍천군 철정리에서 열렸다. 올해 예순아홉들이어서 동창회라고 하지 않고 '쥐띠 모임'이라고 일컫는 모임이다. 그러니까 늙은 쥐들이 우글우글한 곳을 부부동반해서들 간 거다. 해마다 8월 8일이 모임이어서 '88모임'이라고도 한다.

차가 밀린다고 아침도 안 먹고 6시 반에 떠났다. 선산이 그곳 철정에 있어서 산소에 들를 준비를 해가지고 갔다. 고조, 증조, 조부와 바로 윗대이신 시아버님 산소까지 내리 4대의 묘소를 차례로 들러서 잔을 올리고 절을 하다보니 무더운 날씨에 땀으로 등허리까지 흠씬 젖었다.

산소 둘레엔 도라지꽃이며 노란 마타리꽃들이 예쁘게 피어 있었다. 산에서 내려오니 강원도 가는 피서 차량들이 줄을 이어서 어느새 차가 막혔다. 모임 장소인 마을로 들어서자 멀리서부터 왁자지껄한 소리가 들려서 집을 물어 볼 필요도 없이 찾아 들어갔다.

마루와 방 안엔 어느새 모인 '늙은 쥐'들이 와글와글했다. 상 위엔 푸짐한 개고기 무침이 쟁반마다 가득 담겨 있고 시루떡이며 소주병들이 치쌓여 있었다. 인사들을 나누고 그 틈새에 나도 끼어 앉았는데 술도 못 마시고 개고기도 입에 못 대는 나는 시루떡만 야금야금 뜯어 먹으며 괜히 샐샐 웃어가며 (상냥한 척) 앉아 있었다.

사람들은 술잔을 들 때마다 "쥐띠를 위하야!!"를 외쳐댔다. 그렇게 분위기가 무르익어 화기애애해질 즈음 총무란 사람이 그간의 결산 보고를 한다며 일어서니까 모두들 앉아서 하랬다.

'김칠쎄이' (이름이 김칠성이다) 총무가 "그럼 앉겠습니다" 하며 바로 내 옆에 앉아서 파리똥이 잔뜩 묻은 공책을 넘겨가며 보고를 하기 시작했다.

"에~ 또 금년 봄에 거제도 관광을 갔을 때 '탐쎄이' (이름이 박탐성이다)

랑 같이 은행 가서 200만 원을 찾아다가 여행비에 보태고, 그때 기사 장갑과 '음려수'(공책에 '음려수'라 적혔음) 산 돈이 3,500원, 식사대가 12만 원이 나 왔었는데 '칠벅이'(칠복이) 부인이 비싸다고 깎아달라고 떼를 써서 만 원을 도 로 찾아와 11만 원이 지출이 되었습니다."

그러니까 얼굴 기다란 '지삼예이'(지삼용) 씨가 나서더니 "뭘 그렇게 길 게 설명을 해? 그냥 통장 잔액만 말하면 되잖아" 했다. 그러니까 착실한 김칠쩨 이 총무가 "아 그래도 워다다 쓴 건지는 알아야 할 거 아니겠어유?" 하면서 계 속 보고를 하는데…… "그리고 멀미하는 아줌씨들이 있어서 멀미약을 5천 원 어치 사고 '냉겨지'(나머지)가 27만 5,100원이 남았습니다."

그러니까 또 다른 대머리 쥐가 나서더니, "아 글쩨 통장 남은 돈만 얘기하 라니까!" 하며 성질 급함을 나타냈다. 그제서야 총무는 "그러니까 지금 통장에 남은 게 255만 4천 원이고 관광비 남은 게 27만 원인데, 계산은 해봐야 알겠습 니다" 하고 말했다.

그랬더니 그 앞에 앉은 지삼예이 씨가 나서더니 "계산은 무슨 계산? 500 만 원 남짓하구만."

난 너무 우스워서 뒤집어지는 줄 알았다. 계산해 보니 255만 4천 원+27 만 원=282만 4천 원이다. 그런데 그 말에 아무도 반박하는 사람이 없다. 우리 신랑은 뭐하나 바라봤더니 열심히 개고기 '볼 며지게' 먹으며 옛날 친구와 얘기하느라 정신이 없다.

더 우스운 건 우리의 우직한 총무님이 계속 보고를 하는 거였다.

"이번에 개 두 마리 잡은 건 회장님이 내셨구요. 시루떡 해오는 데 '건푸도'(건포도) 5천 원하고 사탕가루 3천 원이 들어갔구먼요. 쌀은 웃말 만철이가 냈구요."

세상에! 이렇게 재밌는 결산 보고는 첨 들어봤다. 아는 사람도 없는 자리에서 혼자 웃음 참느라 멸치 볶음도 집어먹어 보다가 괜히 안경도 벗어서 닦다가 별짓을 다 했다.

드디어 회장 선거다. 누구를 추천하느냐 서로 얼굴들을 마주 바라보더니만 얼굴이 온통 코 천지인 쥐가 '만베기'(이름이 신만복이다)를 추천한다고 했다. 그러니까 마땅한 사람이 없던 차에 모두들 "좋소, 좋소!" 하며 박수들을 쳐댔다.

당사자인 만베기 씨가 벌떡 일어서더니만 "난 괴로운 게 많은 사람예요. 그래서 일을 제대로……" 말을 채 끝맺기도 전에 '디립따'(나도 말이 이렇게 나온다) 무조건 박수들을 쳐대는 거였다. 난 순간 만베기 씨가 화를 내면 어쩌나 걱정을 했는데……

신임 회장 인사말을 하라니까 울며 겨자 먹기로 일어서더니 "여러분이 불초소생을 믿고 회장으로 뽑아주시니 영광으로 알고 열심히 해보겠습니다" 이러는 거였다. 괴로움이 많다며 울상을 짓던 사람이 말이다. 총무는 여전히 어수룩하고 우직한 칠쎄이 씨가 유임이 되었다.

차가 밀릴 것 같아 우린 먼저 자리에서 일어섰다. 옛날 친구가 밭에서 따낸 찰옥수수와 감자를 한 상자 차에 실어주었다.

돌아오는 길은 정말 차가 많이 밀려 다섯 시간이나 걸려서 왔다. 칠쎄이와 만베기 두 사람이 자꾸 떠올라서 차 안에서 계속 웃어댔더니 영감이 "사람도 참…… 아, 그만 웃어!" 한다.

오랜만에 그런 사람들을 만나니까 즐거운 게 마치 잃었던 고향을 다시 찾은 느낌이었다. 만베기 회장님! 칠쎄이 총무님! 아자아자~ 짝짝짝~~힘찬 박수를! —쥐 마누라

사랑에도 순서가 있다
순서를 지켜라

12월 29일은 결혼기념일이다. 칠순이 다 된 할머니도 결혼기념일을 챙기느냐고? 암, 당연히 챙기고말고. 누구는 해마다 결혼기념일이 되면, 아내에게 "지난 일 년간 저와 살아주셔서 고맙습니다. 앞으로도 계속 저와 살아주시겠습니까?" 하고 꽃 한 송이를 건네며 청혼한다는데, 그렇게까지야 하지 않더라도 첫 마음을 되돌아볼 수 있고 서로에게 감사함을 나눌 수 있는 날인데 그냥 지나칠 이유는 없지 않은가!

우리는 결혼기념일이면 동해안으로 떠난다. 날짜가 한 해에 마지막에 가깝다보니 사나흘 바닷가에서 지내다가 새해 첫날 아침 해맞이를 하고 온다. 지금은 두 아들네 식구도 모두 모인다.

올해도 변함없이 여자들끼리(나랑 두 며느리) 모여서 각자 자기 남편 성토대회도 할 게다. 두 며느린 내가 자기들 시아버지 성토를 해대면 "어머, 아버지도 그러셨어요?" 할 테지. "그러엄~애, 말도 마라! 신씨네 남자들 알아줘야 해!" 미주알고주알 떠들며 자기네들과 똑같이 굴면 아주 재밌어 한다.

그럼 또 자기네들도 남편 흉들을 보는데 난 그 얘기 듣고 "어머나, 그 놈이 그랬어? 그래서 그걸 그냥 놔뒀어? 초장에 꽉 잡아야 해!" 하면서 기염을 토한다. 이 시간은 고부지간에 흉금을 털어놓고 평소에 응어리졌던 것들을 풀어내는 시간이기도 하다. 그러고 나면 신씨가의 세 여인들은 우애가 돈독해진다. 또 다른 사람 이야기를 듣다보면 자기를 돌아보게도 되고, 또 남자들의 속성에 대해 이해도 되고, 아버지와 아들들이다 보니 비슷한 점이 많아 집안 분위기도 이해하게 되고, 그러면서 부부 간에 사랑도 두터워진다.

나는 고부간에 정이나 부모자식 간 사랑도 중요하게 생각하지만 무엇보다도 부부 사랑을 우선한다.

태어나는 데에는 순서가 있지만 죽는 데에는 순서가 없다. 온 순서대로 가는 것도 복이다. 복 중에서도 아주 큰 복이다. 할머니가 먼저 왔으니 할머니가 먼저 가고, 그 다음에 엄마가 왔으니 엄마가 가고, 애가 나중 왔으니 나중 가야지, 만약 손주가 할머니보다 먼저 간다든지, 부모보다 먼저 가는 것은 그것 자체로 고통이고 슬픔이다.

온 순서대로 갈 때 그것이 자연스러운 것처럼, 나는 사랑에도 순서가 있다고 본다. 부부가 서로 사랑하지 않으면서 자식들에게 사랑을 가르친다는 것은, 자신들은 책을 읽지 않으면서 아이들에게 공부하라고 하는 것과 다를 바 없다. 부부가 먼저 아끼고 존중하는 모습을 보여주지 못하면서 자식만 아끼다보면 그 사랑이 오히려 독이 될 수 있다. 자식 사랑이 먼저가 아니라 부부 사랑이 먼저다. 부부가 서로를 존중하고 아끼고 감사를 표하고 애정을 표현할 때 자식들은 자연스럽게 존중과 감사와 사랑을 배운다. 그리고 무엇보다 심리적으로 안정감을 갖게 된다.

물이 위에서 아래로 흐르듯 사랑도 위에서 아래로 흘러야 한다. 위에 있는 물이 맑고 건강해야 아래까지 잘 흘러갈 수 있다.

부부 간에도 한쪽이 일방적으로 사랑을 쏟고 한쪽은 일방적으로 받기만 해서도 안 된다. 심리 치료나 부부 상담 등의 자료를 보면, 오히려 사랑을 받기만 하는 쪽이 행복할 거 같지만, 받기만 한 쪽이 힘들어하거나 떠나게 된다고 한다. 그것은 뭔가를 받으면 비슷하게라도 돌려주고 싶은, 다시 말해 균형을 이루고 싶은 본능이 있는데 그것을 하지 못할 때 마음에 짐처럼 여겨져서 결국 견디기 힘들어진다고 한다.

둘의 사랑이 잘 흐른 뒤에 그 사랑이 넘쳐 아이들에게까지 흘러가면 그보다 더한 자연스러움과 행복이 어디 있겠는가. 아이를 챙기기 전에 남편을 한 번 더 챙겨라. 남편 역시 아이를 챙기기 전에 아내를 먼저 챙기고 존중하라. 그러면 아이들도 자연스럽게 부모를 챙기게 될 거다.

사랑을 확인하고 유지하는 방법은 각자 계발하면서 노하우를 쌓아가야 할 것이지만, 여기서 한 가지만 더 귀뜀을 해주자면, 부부 싸움을 할 때는 찻집을 가든지 공원에 가서 싸워라. 그러면 서로 물건을 집어던진다든가, 험한 소리를 한다거나, 치고 박고 싸우는 일은 적어도 없을 테니까 말이다.

앗! 나의 실수 사랑하는 시간 재기

가스레인지에 뭘 올려 놓으면 십중팔구 태워 먹는 나.

그리하여…

고마운 독자님께서 보내주신
타이머 ♥

아예 목에 걸고 지낸다!

제 시간에 따르르릉
울려 주니 태울염려 없이 OK!

두부찌개 3분

콩나물국 5분

달걀삶기 10분

콩시루떡 40분

어제 밤 잠결에...

이거 뭐야?
잠자면서도 시간 잴 일 있소?

아! 편한 잠옷입고 일도 하고
컴퓨터를 하다가 타이머를 목에 건 채
잠자리에 들었나 보네...

당신이 날 사랑해 주는
시간이 얼마나 되나 좀
재보려구요 흐흐흐

흥!

훅~!

허허허!…
이리와요. 손이라도 잡고
잡시다.

시간잴 필요없이   밤새도록…

ZZZ

남편 손을 잡고 누워서   앞으로 남은 세월을 가늠해 보니
타이머 쓸 날이 별로 없을것 같다.

하느님 께서 우리 뿌부에게 맞춰놓은 타이어가 얼마
남지 않았음을 안다.

오래 산 부부

내겐 변비가 있다. 며칠 만에 한 번씩 화장실에 가면 산고産苦(?)가 이만 저만이 아니다. 오늘 아침만 해도 그랬다. 고생할 걸 생각하니 벌써부터 비장해졌다.

워낙 '바쁘신' 몸이라 한 가지 일만 하기엔 시간이 아까워 변기에 앉아서 이를 닦기 시작했다. 칫솔질해 가면서 힘줘 가면서 일인이역을 했다. 그러다 칫솔질을 잠시 멈추고 정신을 집중하여 힘을 주기 시작! 이물질을 내 몸으로부터 추방시켜야 한다는 오직 한 가지 일념만으로 힘주기에 몰두했다. 그러느라 화장실 밖에서 날 부르는 영감 소리를 듣지 못했나보다. 영감이 화장실에 들어간 마누라가 도대체 나오지 않으니까 불러봤나 보다. 그러다가 대답을 하지 않으니 더럭 겁이 났는지 화장실 문을 열어본 거다.

아~ 아무리 오래 살았어도 남편에게 보이고 싶지 않은 모습이 있는 거다. 난 아직 여자니까 그래도 남편에게 이쁜 모습만 보여주고 싶었는데 오늘은 그게 아니었다. 칫솔질을 하다 말고 칫솔을 입에 물고 거품을 뿌옇게 입술 가득 바른 채 온통 찡그린 얼굴로 이 세상 고통을 혼자 짊어진 듯 힘을 주고 있는 모습이었으니 그 모습이 남편 눈에 어찌 비쳤을지⋯⋯

그런데 그런 내 모습은 아랑곳하지 않고 걱정스런 얼굴로 "당신 괜찮아?" 하고 묻는다. 괜찮고 말고지. 돌덩이를 빼냈는데 기분이 얼마나 개운하겠어…… 속으로만 궁시렁대면서 "어서 문이나 닫아요!" 하고 내쐈다.

볼일을 다 보고 나서 물을 내리려니까 물이 내려가질 않는다. 그래도 여러 번 경험한지라 걱정은 하지 않는다. 몇 시간 지나면 쫘르르~ 소릴 내면서 내려가니깐.

거울을 보니까 참 내가 봐도 볼 만하다. 머리는 다 빠져서 '속알머리'가 없는데다가 입술 가장자리에 치약을 허옇게 묻히고 힘주느라 얼굴을 찡그려서 그런지 미간에 주름 자국도 선명하다. 게다가 얼마나 힘을 주느라 고생했는지 두 눈도 토끼눈처럼 새빨갛다. 아무리 살 맞대고 사는 마누라라도 그렇지 정나미가 떨어졌을 거다.

얼마 전엔 이물질이 내려가질 않고 있다가 한밤중에 변기가 뚫리면서 "쏴아아아~ 쫘르르~ 꾸루룩!!" 하고 내려가는 소리에 잠귀 밝은 영감이 깜짝 놀라서 "이게 무슨 소리야?" 하면서 일어나 앉는 거였다.

"물 내려가는 소리예요."

"당신은 여기 있는데 무슨 물이 혼자 내려가?"

"그럼 물이 사람하고 같이 내려가요?" 하고 톡 쏘았더니 "위층에서 물을 내렸나?" 하길래 "그러게요!" 하고는 앙큼 떨고 가만있었다. 아무리 부부라도 그런 것까지 알리고 싶지 않았기 때문이다.

그렇게 고생을 하고 나오니까 영감이 "당신 병원에 가봐야 하잖아?" 하고 무척 걱정을 하는 눈치다. 항상 감싸주고 이해해 주는 내 남편…… 이 세상에 둘도 없는 고맙고도 편한 단 하나의 사람이다. 고마워서 잘해줘야지 하다가도 마음이 죽 끓듯 해서 톡톡 쏘길 잘한다.

"여보, 고맙수! 내겐 당신뿐이라우. 오래오래 건강하게 내 곁에 있어줘요. 사랑해요!"

(지저분한 이야길 해서 이 글을 읽는 분들께 '쬐께' 미안하다.)

늙어도 여우짓한다는 거……

몇 년 전, 12월이 다 가던 어느 날이었다. 우리영감이 술을 잔뜩 먹고 들어왔는데 평소에 주사가 없던 이가 그날은 밖에서 무슨 안 좋은 일이 있었던지 괜히 잔소릴 하는 거다. 첨엔 술 취한 사람이니 그러려니 하고 참았는데 점점 도가 지나치더니 느닷없이 "당신 말야, 그러면 안 되지!" 그런다.

"뭐가요?"

"끄을꺼억!(딸꾹질인지 술질인지 뭔지) 당신 말야, 그러면 못써! 내가 그렇게 싫은 거야 뭐야?"

평소에 무슨 섭섭했던 일이 있었던지 영문 모를 시비를 거는 거였다. 그래서 화를 꾹꾹 눌러 참고 잘못했다, 섭섭한 일이 있었으면 고치겠다 하면서 어서 들어가 주무시라고 치사한 걸 살살 달랬다. 아, 그랬는데도 점점 내 화를 돋우기 시작하지 뭔가! 그래서 그냥 내버려두고 주방으로 가서 싱크대를 닦는데 "당신 내가 취한 줄 알아? 일롸 봐!"

"……"

"왜 대답이 없는 거야? 일롸 보란 말야!"

"아유, 지겨워! 정말 왜 저러는지 몰라!"

다음 순간, "뭐야~아~앗!!" 하고 뇌성벽력 같은 소리를 지르는데 놀라서 뒤돌아보니까…… 아, 난 그렇게 무서운 모습은 첨 봤다. 폴라티를 벗어 내던지느라 숱이 많은 머리카락들이 정전기를 일으켜 죄다 위를 향해 뻗쳤는데 마치 성난 사자 대가리(사자 머리는 대가리라해도 됨. 영감더러 대가리라고 하지 않았음) 같았다. 그 머리를 하고는 스페인의 성난 투우처럼 나를 향해 내달아오는 거다. 너무 무서워서 뒷걸음치다가 바로 뒤에 놓여 있던 생수통에 걸려 뒤로 자빠졌다.

바로 그 순간…… 아, 비상한 내 머리!(아, 난 왜 이렇게 똑똑한 거야!) 나는 까무러친 척했다. 취중에도 마누라가 기절한 줄 알았던지 나를 일으키며 "여보, 여보! 정신 좀 차려봐!" 하길래 난 속으로 '메롱! 혼 좀 나봐라' 하며 몸을 더 추욱 늘어뜨린 채 흔드는 대로 이리 흔들 저리 흔들 헝겊 인형처럼 휘둘

렸다. ㅎㅎㅎ~

그랬더니 이 영감이 전화기 있는 데로 달려가더니 전화를 하는데, "여보세요, 거기 114죠? 여긴……"

나는 깜짝 놀라서 일어났다. 그래도 갑자기 달려가면 안 되겠기에 벽을 짚으면서 이리 비틀 저리 비틀 하면서 전화기 쪽으로 가서 전화기를 뺏으면서 괜찮다고 했다.(가증스럽기도 하지.)

"당신 괜찮은 거야?"

취중인데도 놀랐는지 남편은 얌전히 들어가 잤다. 그나저나 사람이 쓰러졌으면 119로 전화를 해야지 114는 웬 114?

다음날 아침, 어제 일이 너무 괘씸해서 한마디도 하지 않았다. 그래도 미우나 고우나 신랑이라고 북어국을 끓여줬더니 내 눈치 봐가며 국만 먹고 출근했다. 그날 저녁, 전화가 왔다. 아파트 단지 내에 있는 백화점으로 나오라는 거다. 난 얼마나 앙큼스러운지 다 알면서도 "왜요?" 하고 물었더니 그냥 빨리 나오라는 거다. 못 이기는 척하고 나갔다.(여기서 너무 뻗대다가는 다 헛것이 되게 마련이니까 적당히 뻗대야 한다.)

며칠 전 영감하고 백화점에 갔을 때 매장에 진열된 와인색 털코트가 눈에 띄어서 눈여겨봤는데 영감이 싫다는 나를(괜히 그래 봤다) 그리로 끌고 갔다. 다시 한 번 싫다고 했다.(아, 난 왜 영화감독 눈에 안 띄었을까!) 마침내 그 코트가 내게 입혀졌다!

영감이 돈을 지불하는 동안 거울 앞에 섰는데, 어찌나 좋은지 입이 다물어지지가 않았다. 사실 그 동안 변변한 코트 하나 없이 지냈었다. 코트가 든 쇼핑백을 들고 나오면서 힐끔 영감 얼굴을 훔쳐봤더니 늙은 마누라 코트 하나 장만해 주고 흐뭇해하는 기색이다.

마누라는, 아니 여자는(난 아직 여자이고 시포~) 늙어도 이렇게 여우 짓을 한다는 거 여러 남편분들은 아시는지.

그 와인색 코트, 아직도 입고 있다.

아흐, 우린 천생배필이야!

얼마 전에 15년 된 세탁기를 새 것으로 바꿨다. 신형 세탁기라서 그런지 세탁기 돌아가는 소리도 사그락~사그락~ 부드럽게 돌아가고 빨래도 꺼내보면 엉키지도 않고 탈수도 아주 잘 된다. 그래서 옷을 세탁하는 게 즐겁기까지 하다. 그런데 단 두 식구 사니까 속옷 두어 개 가지고 세탁기 돌리려니 물이 아까워서 빨래를 모았다가 돌린다.

어제도 헬스장 다녀와서 땀에 젖은 속옷과 티셔츠, 바지, 양말을 가방에서 꺼내서 세탁기에 넣었다. 그러나 세탁기는 돌리지 않았다. 남편이 들어오면 벗어놓은 옷 같이 빨려고…… 밖에 볼일이 있어서 나갔다가 들어오니 남편이 일찍 집에 들어와 있었다. 남편이 벗어놓은 옷을 세탁기에 넣으려니까 먼저 넣어놓은 내 옷이 없는 거다.

그럼 내가 헬스장 다녀와 가방에서 옷을 안 꺼냈나 하고 방으로 들어가서 운동 가방을 열어보니 빈 가방이다. 세탁기 둔 곳으로 나가서 세탁기 주변을 돌아봐도 없다. 가만히 생각해 보니 헬스장 옷장에다 두고 왔나보다. 깜짝 놀라서 헬스장으로 달려갔다. 내가 옷을 넣어뒀던 옷장 번호는 27번이다. 헬스장 주인한테 여차저차해서 두고 간 옷을 찾으러 왔다고 하니까 마침 그 옷장엔 다른 사람이 옷을 넣어뒀다면서 분실물함을 열어보란다.

행여나 하고 락커룸 분실물 옷장을 열어보니 없다. 그러면 그렇지, 누가 가져갔지 뭐야! 하여튼 이상해! 남이 입던 땀 흘린 옷을 가져간담. 이 놈의 세상은 정말 믿을 게 못 된다니까. 생각해 보니까 너무 약이 올랐다. 위에 입었던 등산용 티셔츠는 6만 5천 원, 등산용 기능성 팬티 3만 원, '부라자不裸姿'(내가 지은 이름 ㅎㅎ) 3만 원, 운동복 바지 2만 원, 양말 2천 원. 합해서 14만 7천 원이었다! 게다가 속옷과 티셔츠는 지난달에 산 거다.

너무 아깝고 속상해서 남편과 야구장 가면서도 속이 짠했다. 너무 속상해했더니 다시 또 사라고 했다. 그러나 그 돈을 벌려면 늙은 남편이 회사에 나가서 얼마나 고생해야 하는데…… 이딴 한심한 마누라하고 사는 남편이 가엾고 불쌍했다!(정말이다!)

오늘은 일요일이고 해서 빨랫감 찾아 세탁을 했다. 섬유 유연제도 미리 넣었더니 세탁기에서 꺼낸 빨래에서 향내가 나서 기분 좋았다. 세탁한 빨래를 한 아름 안고 베란다로 갔는데…… "어머나!" 빨랫줄에 낯익은 옷들이 널려 있는 것이었다! 자세히 보니 하늘색 내 티셔츠도 널려 있고 까만 젖싸개도 널려 있었다.

거실로 들어가서 신문을 보고 있는 남편에게 불어봤다.

"여보! 당신 어제 세탁기 돌렸어요?"

"아니!"

"그럼 저 빨랫줄에 널어놓은 빨래들은 뭐예요?"

"그거? 당신이 세탁한 빨래들이 세탁기 안에 그냥 있길래 내가 갖다가 널었지!"

"아이구~ 축축하지도 않았어요? 땀 냄새도 안 났어요?"

그 다음에 이어진 남편의 말에 뒤집어지는 줄 알았다.

"빨래를 꺼내보니까 약간 촉촉한 게 보송보송하길래 역시 새로 장만한 세탁기는 건조까지 다 되어 나오는구나, 참 새 세탁기가 좋긴 좋구나 했지!"

남편을 한심하게 바라보다가 생각해 보니, 문제는 정신이 오락가락하는 내가 문제지, 정신없는 마누라가 세탁물을 미처 못 갖다 넌 줄 알고 넣어준 남편이 얼마나 고마운가!

이렇게 해서 공돈(?)이 생겼으니(옷을 잃어버렸으면 또 사야 하는 건데 찾았으니 말이다) 오늘 저녁엔 시장에 나가서 남편 좋아하는 갈치 사다가 갈치조림이라도 해줘야겠다. 끝으로 내가 가당치도 않게 의심했던 '불특정 다수' 분들께 심심한 사과를 드린다.

영화 시작 5분 만에

어제 방학을 한 손녀딸 보슬이와 손자녀석 동건이가 우리 집에 왔다. 오자마자 영화 〈로봇〉을 보러 가자고 했다. 그래서 아침 일찍 일어나서 서둘러 집안일을 했는데도 시계를 보니 9시 40분이었다. 10시 20분 첫 회를 보기로 했으므로 서둘러야 했다.

"보슬아! 우산 두 개 꺼내놔라."

"동건이, 너 빨리 옷 입어라!"

애들을 재촉해서 밖으로 나갔는데 비가 쏟아졌다. 혼자였으면 걸었을 거린데, 시간도 빠듯하고 비도 오고 해서 택시를 탔다. 10분 전에 도착! 보슬이에게는 팝콘과 콜라(이놈들이 영화관엘 가면 왜 꼭 팝콘과 콜라를 먹는지 알 수 없다)를 사라고 미리 돈을 주고 나는 매표소에 가서 표를 끊었다.

드디어 영화가 시작되었다. 영화를 한 5분쯤 보는데 문득 떠오른 생각! 큰일났다!! 어머니가 따주신 옥수수를 찐다고 가스 불 위에 올려놓고 그냥 나온 것이다.(그러면 그렇지, 안나가 똑똑하면 안나가 아니지.) 진땀이 났다. 보슬이 귀에다 대고 말했다.

"할머니가 가스 불을 끄지 않고 왔거든. 그러니까 동건이랑 영화 보고 있어라. 할머니가 11시 50분까지 와서 팝콘 파는 곳 의자에 앉아 있을게. 알았지?"

보슬이가 고개를 끄덕였다.

혼자 밖으로 나와서 부리나케 빗속을 내달았다. 택시 탈 생각은 왜 못했는지…… 바지가 다 젖었다. 엘리베이터가 9층까지 올라가는 시간이 백 년 같았다. 현관문을 열자마자 채 벗겨지지 않은 신발을 뒷발질로 동댕이질 쳐서 벗어내고 주방으로 달려갔는데, 가스 불은 얌전히(!) 꺼져 있었다.

"얘, 아범아!"

우리 부부가 건강 종합 검진을 받으려고 병원에 갔다. 여러 종류의 검사를 거쳐서 드디어 내가 젤 싫어하는 위 내시경 검사를 하게 되었다. 약물을 입에 물고 거의 토할 지경이 되어서야 내 차례가 되었는데 간호사가 틀니를 꼈으면 빼야 한다고 했다. 틀니를 빼서 화장지에 싸서 가운 주머니에 넣었다. 지옥 같은 검사가 끝나고 나서 다음 검사를 받으러 가는데 주머니에 손을 넣어보니 휴지 뭉텅이가 잡혔다. 휴지통에다 자연스럽게 버렸다.(에구!)

검사가 끝나고 나니 아침도 굶고 갔던 터라 배가 몹시 고팠다. 영감이 송도에 콩나물국밥 시원하게 잘하는 집이 있다고 해서 그리로 갔다. 송도 로터리 근처에 있는 콩나물국밥집이었다. 주문을 하고 좀 있으니 식탁에다 새빨간 깍두기를 갖다놓는데 정말이지 먹음직스러웠다. 군침이 돌기에 깍두기 한 조각을 입에다 넣는 순간. 아뿔싸! 내 틀니! 그러니까 아까 병원에서 버린 그 휴지 뭉텅이! 그랬다. 그게 바로 틀니를 싼 휴지였던 거다!

그래서 젤 만만한 작은아들놈한테 전화를 했겠다.

"얘, 아범아! 내가 말이지, 병원에다가 틀니를 버리고 왔다. 병원 가서 휴지통 좀 뒤져볼래?…… 어느 휴지통이냐구? 그거야 모르지. 위 내시경 검사받고 나와서 다른 검사받으러 다니다가 버렸으니 정확히 알 길이 없지. 다 뒤져봐라!"

틀니도 없이 잇몸으로다가 콩나물국밥을 먹고 나서(이 없으면 잇몸으로 먹는다) 집으로 왔다. 아들이 병원 가서 휴지통을 다 뒤져봤지만 그새 휴지통을 비워서 없다며 전화를 걸어왔다. 그런데 집 전화를 끊고 나니까…… 앗! 내 핸 그냥 집으로 온 거다. 그러니 하는 수 없지. 또 아들놈한테 전화.

"얘, 아범아! 내가 있지. 아까 식당에서 너한테 전화 걸고 나서 거기다 내 전화기를 두고 왔지 뭐냐. 그 핸드폰 좀 갖다줄래?"

흐흐흐~ 아이구, 가여운 내 아들, 딱하기도 하지. 우리 아들이 그 길로 또 그 식당 가서 핸드폰을 찾아왔다. 그런데…… 그날 저녁. 약식을 만들어 우리 아파트 앞동에 사는 친한 선생님께 갖다주려고 나갔는데 아파트 주차장에 쇠 막대 걸쳐 놓은 걸 모르고 걸려서 '디립다' 넘어졌다. 저만치 나뒹굴어진 약식 그릇을 챙겨들고 절뚝거리며 갖다주고는 집으로 왔는데 그날 저녁 밤새도록 쑤시고 아팠다. 날이 새고 보니 왼쪽 새끼발가락이 퉁퉁 부은 게 일어설 수도 없었다. 영감은 회사 나간 뒤고 병원을 가려니 도저히 혼자 갈 수가 없었다. 그러니 어쩌겠어. 또 아들한테 전화.

"얘, 아범아! 엄마가 엊저녁에 넘어져서 발을 다쳤는데 혼자서는 일어설 수도 없이 아프니 나 병원에 좀 데려다줘라."

아들이 득달같이 달려와서 날 업어다 차에 태우고 병원에 갔다. 의사 말이 발가락이 부러졌다고 깁스를 하라고 했다.

그날 그렇게 아들을 정신없이 불러댔는데 아들놈 얼굴 한 번 찡그리지 않고 달려와 줬다. "얘, 아범아!" 이 한마디면 언제고 달려와 주는 내 아들, 든든하고 좋다.

안나의
즐거운
인생 비법
12 >> ..

나눠라

오늘은 김치 수제비를 해서 같은 아파트에 사는 아줌마들을 불러서 배불리 먹었다. 특별한 재료를 넣은 것도 아닌데 아주 맛있게들 먹으며 만드는 방법을 일러달라고까지 한다. 밀가루를 반죽해서 젖은 보자기로 덮어서 서너 시간 냉장고에 넣어두면 반죽에 찰기가 생긴다. 그동안 멸치와 다시마를 넣어서 수제비 국물을 만들고, 거기에 묵은 김장 김치를 송송 썰어 넣고 집 간장으로 간을 해서 펄펄 끓이다가 수제비 반죽을 뜯어 넣으면 끝이다. 양념간장에 청양고추를 쫑쫑 썰어 넣으면 매콤하고 칼칼한 게 더 맛깔스럽다.

나는 해마다 여름이면 콩국수를 우리 집 상비 식품으로 준비해 둔다. 아무 때나 누가 와도 함께 먹기에 좋다. 알맞게 맛이 든 칼칼한 열무김치를 곁들이면 모두들 환성을 지른다.

또 음력 동짓달이면 팥죽을 쑤어서 나눠 먹는다. 팥을 푹 흐무러지게 삶아 걸러내고 동글동글 찹쌀 새알심을 만들어 넣고 바특하게 쑤면 정말 맛있다. 넉넉하게 쑨 팥죽을 담아 집집이 나눠주고 다니자면 이마에 송글송글 땀이 맺히지만 즐거운 마음에 발에 바퀴가 달린 것처럼 쌩쌩쌩 잘도 다닌다.

우리 집 냉동실 문을 열 땐 조심해야 한다. 잘못했다간 돌덩이처럼 단단하게 언 쌀가루 뭉치가 떨어져서 발등을 찍을 수도 있기 때문이다. 냉동실 정리를 제대로 못한 탓도 있지만 찹쌀가루, 멥쌀가루, 찰수수가루, 쑥 삶아서 얼려

둔 것, 팥 삶아둔 것, 옥수수, 곶감, 생선 등등 누가 와도 손쉽게 만들어 먹을 수 있게 준비해 둔 것들이 많아서다.

음식을 잘 만들지는 못하지만 어머니께서 늘 밥을 넉넉히 해서 새우젓 장수나 방물장수 아주머니가 오면 밥을 먹여 보내시곤 하던 모습을 보고 자라선지 무슨 음식이라도 하면 꼭 나눠 먹게 된다. 음식이란 게 묘한 데가 있어서 서로 나눠 먹다보면 남다른 정이 생긴다.

어느 해인가 장애인들을 위한 강연을 하러 갔었다. 미흡하나마 내가 나눌 수 있다는 게 기뻤다. 강연이 끝난 뒤 받은 강연료도 다시 그 자리에서 기부금으로 내고 왔다. 이 나이에 내 힘으로 돈을 벌고, 또 그 돈을 남을 위해 쓸 수 있다니, 비록 금액은 얼마 되지 않았지만 기분이 업되었었다.

'나눔'에는 크고 작고, 좋고 나쁘고, 훌륭하고 덜 훌륭하고 그런 기준은 굳이 필요치 않은 것 같다. 나눔의 내용은 몇십억이 될 수도 있고, 김치전 한 장이 될 수도 있고, 말 한마디가 될 수도 있다. 중요한 건 나누고자 하는 마음, 주변 사람들을 돌아보는 여유와 이해하고자 하는 마음이니까.

우리는 다 연결되어 있다. 내가 옆에 있는 사람에게 꽃을 주면 돌고 돌아 그 꽃이 나에게 혹은 내 자식에게 돌아올 것이고, 내가 돌멩이를 던지면 돌고 돌아 그 돌이 나에게 날아들 것이다. 내가 받고 싶으면 받고 싶은 것을 먼저 주면 된다.

나눌 수 있는 것이 없는 사람은 없다. 내게 나눌 수 있는 것이 뭐가 있는지 생각해 보라. 자신이 지닌 가치를 하찮게 여기거나 깎아내리지 말고 하나하나 소중하게 생각해 보라. 분명 있을 거다. 안 쓰는 물건이어도 좋고, 손수 만든 음식이어도 좋고, 자신이 지닌 재능을 나누는 것도 방법이고, 돈이나 시간을 투자해 봉사하는 것도 좋다. 잘 나누는 것도 훈련이 필요하다. 자꾸 나누다보면 뭘 어떻게 나눠야 좋을지 그 방식도 터득하게 될 것이다. 점점 노하우가 쌓이면 인생이 그만큼 즐겁고 풍요로워진다. 왜냐? 내가 나눈 만큼, 아니 그 이상으로 나에게 돌아오게 되어 있으니까. 물론 되받기 위해 나누는 건 아니지만 말이다. 수학 시간에 배운 '나누기'는 잘 못하더라도 삶 속에서 '나누기'를 잘 하면 훨씬 삶이 즐거워질 것이다.

내일은 강화 고려산으로 등산을 간다. 진달래가 지천으로 피는 고려산(436미터)은 야트막한 산이긴 하지만 봄엔 진달래를 보려는 등산 인파로 북적이는 곳이다. 내일은 진달래꽃을 좀 따와야겠다. 찹쌀로 익반죽해서 들기름 두르고 동그랗게 떼어 숟가락으로 자근자근 눌러 익혀 그 위에다가 진달래를 한 송이씩 얹으면 먹기도 아까울 지경으로 예쁘다. 그 예쁜 것들을 나눈다는 건 음식을 나누는 일이요, 내 마음을 나누는 일이며, 봄을 나누는 일이다. 아, 생각만 해도 즐겁다.

앗! 나의 실수 도끼빗

서울에서 동인천까지 전철 통근하던 시절

샤샤샥… 샥 샥

중고등학교 다니는 아들 녀석들
도시락 싸느라 꼭두새벽부터 둥둥 거리다가

그날도 부랴부랴 집을 나서서

전철을 타고 재빨리 걸어서 학교에 도착!

덜컹 덜컹 붕붕붕… 다다다다

출근부에 도장 찍고 교실로 가려는데

황 선생 님!!

머리 뒤에
꽂힌 건 뭐예요?

교감 선생님…o

네? 뭐… 뭐!

슬금 슬금

아차차차!!!

아침에 머리 빗다 말고
바빠서 뒤통수에 꽂아놓은 도끼빗!

세련된 머리빗이면 말도안해!

동네 슈퍼마켓 사은품!
손잡이는 용대가리, 용 아가리 부분엔 여의주를 물고 계시는거다.
(빗이 촌스러워서 대가리, 아가리 해야 어울려!)

어머 나! ‥‥
이게 뭘까 ‥‥ ♪

부르르르

게다가 파마는 또 어찌나 꼬불꼬불하게 했는지
빗이 떨어지지도 않아!

이그‥‥

아! 지금도 생각하면 내 얼굴이
그 도끼 빗처럼 빨개지곤 한다.

슬픈 이야기

점심 때 우리 집에 내가 좋아하는 이가 왔다. 갑자기 온 탓에 냉장고를 뒤져 찬을 준비해야 했다. 야채 통을 뒤져서 샐러드를 만들고 애호박 반 머리 남은 걸로 호박전도 부쳤다. 그리고 냉동실에 꼬불쳐뒀던 굴비를 꺼내 구웠다. 그 이쁜이는 급조한 반찬들인데도 밥 한 공기를 다 먹어줘서 아주 기특했다.

그이는 가고, 저녁 준비를 하는데 프라이팬으로 눈이 갔다.

"아! 굴비!" 그제야 생각이 났다. 기껏 구워가지고는 점심상에 놓지 않았던 거다. 아이구, 저걸 먹여 보냈어야 하는 건데⋯⋯ 쯧쯧. 내가 미쳐!

저녁에는 영감 좋아하는 달걀찜을 했다. 아들보다도 더 만만한(?) 영감이라 반찬 걱정은 하지 않는다. 아무거나 다 잘 먹으니까⋯⋯ 종자 좋고 먹성 좋은 돼지처럼(우리 영감 이거 읽으면 안 된다! ㅎㅎ) 얼마나 먹성이 좋은지 쌀뜨물에다가 된장만 풀어도 맛있다고 먹을 사람이다. 그래도 요즘 영감이 안되었단 생각이 들어서 다시마 우려낸 물에다가 표고도 쫑쫑 썰어 넣어 달걀찜을 했다. 그렇게 저녁상을 차려서 둘이 마주앉아서 맛있게 먹었다.

저녁 설거지를 끝내고 가스레인지 위에 얹힌 냄비를 보는 순간, 에메메, 우짜쓰까잉! 달걀찜이 "나 여기 있어요!" 이러고 있다. 그리하여 굴비 구이와 달걀찜은 밥상이 아닌 블로그에 먼저 등장하게 되었다는 슬픈 이야기!

김치에 마늘 바르기

첫 번 김장은 지난 11월 말에 했다. 넉넉히 담근다고 담갔는데 큰며느리, 작은며느리네 각각 한 통, 혼자 사시는 연세 많은 큰며느리네 친정어머니 한 통…… 그렇게 나눠주고 나니 아무래도 김장이 모자랄 듯싶었다. 그래서 다시 절인 배추 열 포기를 사다가 김장을 또 했다.

맘먹고 아주 맛있게 담근다고 살아서 팔짝팔짝 뛰는 생새우를 사다 넣고, 그 비싼 광천 새우젓도 큰맘 먹고 넣고, 자연산 굴도 넣었다. 여하튼간에 별별 걸 다 넣었다. 새로 산 김치 냉장고에 차곡차곡 넣어놓고 아주 흐뭇했다. 이제 겨울 양식은 다 된 거다!(난 김치 한 가지만 있으면 끝나니깐. 난 일류 뷔페 가서도 김치 먹는다.)

그러고서 이틀이 지난 오늘, 냉장고 정리를 하는데 "오 마이 갓! 미쳤어! 아이구 난 죽어야 해!" 이런 비명이 절로 나왔다. 김장에 넣으려고 찧어둔 마늘이 냉장고에 얌전히 들앉아 있는 것이었다! 아, 이를 어째! 하는 수 없이 그 김치들을 다 꺼내다가 한 포기 한 포기마다 마늘을 바르기 시작했다. 허리는 아프지, 다리는 저리지, 손엔 고춧물투성이인데 전화 오지, 배추 포기가 커서 네 쪽으로 갈랐으니 무려 마흔 쪽이었다. 힘든 건 둘째 치고, 올해 김치 맛이 어떨지 걱정이다.

오전 내내 시간을 그렇게 보냈다. 그러고 나서 지금은 손녀딸 스웨터 떠

준다고 털실 사다가 코 잡아 뜨고 있다.

……가만, 근데 이게 몇 코였지?

산에 가서도 뜨개질

뜨개질 속에 파묻혀 사는 요즘이다. 처음 뜨기 시작한 것은 친정 어머니 때문이다. 백화점에서 스웨터를 하나 사다드렸더니 싫다셨다. 어머니의 주문은 단색일 것, 칼라가 달렸을 것, 주머니가 달렸을 것 등이었다. 그런 걸 어디 가서 찾는담…… 그러니 어머니 주문에 맞춰서 뜰 수밖에.

그래서 실 가게에 가서 어머니가 좋아하시는 하늘색 털실을 사다가 스웨터를 떴다. 주머니도 깊숙하게 달고 칼라도 달았다. 그리고 일하실 때 편히 입을 수 있도록 수박색과 겨자색이 섞인 털실로 조끼도 떴다.

그러고 보니 시어머니가 마음에 걸렸다. 그래서 시어머니께도 똑같이 스웨터와 조끼를 떠드렸다. 백화점 나가서 조끼에 어울리는 티셔츠를 사다가 입혀드렸더니 눈물까지 글썽이며 좋아하셨다. 큰며느리 친정 어머니 것도 떴다. 봄이 가까우니까 새싹 빛깔 같은 환한 연두색으로 떴다. 이러고 나니 또 작은며느리의 친정 어머니 걸 빼놓을 수 있나! 또 떴다!

그렇게 끝냈으면 좋았으련만 이번엔 손녀딸의 조끼를 뜨고 싶었다. 그래서 보라색 제비꽃 색깔의 털실을 사다가 또 떠서 설빔으로 줬다. 손녀딸이 즐겨 입고 다닌다.

그런데 이런 뜨개질을 하면서 내 건망증이 어디로 가겠나! 어머니 스웨터를 뜰 때 어머니께서 헌 스웨터를 주시면서 그 스웨터보다 고무줄 뜨기 한 길이만큼만 더 길게 떠 달라고 하셨다. 그래서 헌 스웨터를 놓고 등판을 대보고는 그만큼 더 길게 떴다.

문제는 그 다음. 등판을 더 길게 뜬 뒤 이번엔 앞판을 뜨는데 길이를 이번엔 새로 길게 뜬 뒤판을 놓고 그것보다 더 길게 떴다. 그렇게 다른 줄도 모르고 앞판 두 쪽을 다 뜬 다음 마무리를 하려고 봤더니 아~ 등판보다 더 길게 뜬 앞판 두 쪽. 기절하는 줄 알았다.

어디 그뿐인가! 손녀딸 조끼 뜰 때는 무늬를 넣느라 벌리고 오므리고, 벌리고 오므리고……를 반복해야 하는데 그만 벌리고, 벌리고를 계속한 거였다. 풀고 다시 뜨고 하기를 수도 없이 했다. 설 음식 차리면서도 뜨개질을 해야 했다. 엿기름 거르다가 말고 뜨고, 갈비 재다 말고 뜨고…… 새벽 2, 3시까지도 떴다. 심지어는 서울 친정에 가는데 뜨개질하느라 전철로 갔다. 성북까지 가려면 한참 뜰 수 있다. 그뿐인가! 산에 가서도 뜨개질했다.

지금은 큰며느리 봄 스웨터를 인디언 핑크색으로 뜨는데 그럼 작은며느린 어떻게 해?! 그러니 숫제 털실을 미리 사다가 났다. 그만 둔다 둔다 하면서도 거의 마무리가 될 즈음이면 다른 얼굴이 떠오른다.

친구 얼굴, 동생들 얼굴…… 내가 좋아하는 이들 얼굴들이. 아, 이 일을 언제 마치려나.—쉴 새 없이 실에 매달려 사는 왕거미 할머니

이만하면 양호한 거지

어머니께 가면서 입맛 없으신 어머니께 콩국을 해다 드리려고 힘들여 콩국을 했다. 그나마 정신머리가 없어서 어머니께 가기 전날 밤에서야 생각해 내고는 밤에 콩을 담갔다. 콩을 불린 다음에 해야 되니까 새벽 2시에 일어나 콩을 삶아서 껍질 벗겨 커터기에 넣고 가는데, 잠든 남편 깰까봐 문간방으로 가져가 문 꼭 닫고 소리 나지 않게 담요 덮어놓고 갔다. 맛을 보니 서리태 콩으로 갈아낸 콩국이 엄청 고소하고 맛있었다.

남편이 새벽에 회사 나가면서 잊지 말고 선풍기 끄고 가라고 일렀다. 나도 차 밀리지 않게 일찍 떠나려고 이것저것 준비해 둔 것들을 가방에 담았다. 동생과의 약속 시간에 늦지 않으려고 서둘러 나갔다. 그렇게 출발해서 행주대교를 건넜을 때 생각이 났다. 가장 중요한 보따리를 두고 온 거였다. 콩국!

그 보따리 맨 밑바닥엔 쇠고기 얼린 것, 커다란 게 두 마리(어머니가 꽃게탕을 좋아하신다), 그리고 동생이 가져오라고 한 팥 삶아 꽝꽝 얼려놓은 것을 넣고 그 위에 콩국을 올려놓았는데 그걸 그냥 두고 간 거였다. 아구 아구 속상해라! 운전을 하고 가면서 생각해 보니 그대로 뒀다간 죄다 상할 것 같아서 영감한테 전화를 했다.

"여보, 오늘 몇시에 퇴근하세요?"

"왜 그래요?"

"글쎄 내가 콩국을 그냥 두고 왔는데 그냥두면 쉴 텐데 어쩌죠?"

"……."

"하는 수 없죠 뭐. 걍 두세요!"

"알았어요. 내가 일찍 들어갈게요."

'그러면 그렇지…… 히히히!' (이건 속으로 한 말이다.)

한 시간쯤 뒤에 전화가 왔다. 어떻게 하면 되느냐고. 그래서 나주배처럼 사근사근하게, 애교스럽게 알랑대며 일러줬다.

"여보, 미안해요. 콩국은요, 김치 냉장고 왼쪽 칸에다가 넣는데 안쪽 벽에 닿게 넣어야 살얼음이 지면서 상하지 않거든요. 그리고 쇠고기는 냉동고 둘째 칸에, 게는 해산물 두는 셋째 칸, 팥은 냉동실 맨 위 칸에 넣으세요."

설명을 하면서 그대로 다 기억해서 보관할지 걱정스럽긴 했다.

그렇게 조잘대면서 어머니께 가서 막내동생이 부탁한 흑미를 주려고 꺼내보니까 흑미가 아니라 들깨를 가져간 거다. 동생이 눈을 흘기며 "아이구 내가 미친다니까…… 내가 언닐 어떻게 믿겠수?" 이러는 거였다.

남편한테 무사히 도착했다고 전화를 했더니 "이 사람아! 선풍기는 왜 안 끄고 간 거야? 그렇게 몇 번이나 일렀는데……"

아이구, 내가 참 한 가지도 제대로 한 게 없다.

어디 그뿐인가. 또 있다! 내가 어머니께 갈 때 어떤 때는 전철 타고 서울까지 가서 남동생 차를 타고 가고, 어떤 때는 내 차로 서울까지 가서 서울에서부터는 남동생이 내 차를 운전해서 가기도 한다.

이번엔 내 차로 갔는데 돌아올 때 남동생이 휴가를 떠난다기에 동생 모르게 의자 뒷주머니에 돈을 조금 넣어놓고 와서는 동생에게 전화를 걸었다. "야! 거기 의자 주머니에 내가 점심 값 쬐끔 넣어놓고 왔으니까 꺼내다 써라" 했더니, 동생이 웃으면서 "누나! 이번엔 누나 차 타고 갔잖아!" 하는 거였다. 동생이 운전하는 내 차 타고 오면서 내 차 주머니에 돈을 넣어놓은 거였다.

점점 바보가 되어가나? 하긴 실수하지 않고 똑똑하게 일주일을 더 버텼으니 이만하면 양호한 거지 뭐. 게다가 물질적으로 손해난 것도 별로 없다!

달걀 맛있게 삶기

가끔 가다 느닷없이 삶은 달걀이 먹고 싶은 때가 있다. 이런 날 달걀을 삶아보자.

① 달걀을 먹을 개수만큼 골라 작은 냄비에 넣는다. 냄비가 크면 달걀이 뜨겁다고 몸부림칠 때 여기저기 굴러다녀 깨지기 쉽다. 그러니까 서로 옹색하게 꼭 끼어 앉도록 작은 냄비를 쓴다.

② 작은 냄비에 달걀이 잠길 만큼 물을 붓고 뚜껑을 닫는다.

③ 가스 불을 당긴다. 불을 당기지 않으면 안 익는다.

④ ①, ②, ③의 순서대로 했으면 방으로 들어가서 달걀 삶은 걸 까맣게 잊는다. 왜냐하면 달걀이 익기를 기다린다는 건 너무 지루하니까.

⑤ 컴퓨터 앞에 가서 앉아서 이런저런 게임도 하고 여기저기 돌아다닌다.

⑥ 그러다가 어디선가 "펑!" "펑!" "퍼퍼퍼퍼펑~뺑뺑!" 소리가 날 때쯤 이게 어디서 테러가 일어났나 잠깐 놀라도 좋고, 하여튼 주방으로 달려 나간다.

⑦ 달걀이 터져서 노른자가 냄비 뚜껑 위에 콩고물처럼 올라붙어 있으면 성공이다. 더구나 무엇이든 바깥세상으로 나갈 때 껍질이 깨지는 고통이 없으면 안 된다는 걸 교훈으로 얻었다면 도랑 치고 가재 잡고, 뽕도

따고 임도 보고, 꿩 먹고 알 먹고 일거양득 일석이조다.

⑧ 이렇게 삶아진 달걀은 가루가 되었기 때문에 찻숟가락으로 떠먹으면 좋고, 뜨거울 때 먹어야 졸깃졸깃 맛이 좋다. 식으면 굳어져서 딱딱하다.

⑨ 아마 계란이 그렇게 터졌을 땐 냄비도 새까맣게 탔으리라. 새카맣게 탄 냄비는, 식초를 물에 타서 끓여본 결과 별로 효과가 없다. 사과 껍질이 좋다길래 야채 통에 넣어놓고 잊어버린 쭈글쭈글한 사과를 껍질 벗겨 넣고 끓여봤는데 그것도 허사였다. 결국 냄비는 제 수명을 다한 거다. 그냥 버리기는 아까우니까 가끔 누가 안 볼 때 혼자 감자 쪄먹을 때나 써 먹으면 알뜰한 주부다.

알아낸 점: 프랑스산 울트라 냄비도 말짱 헛거다! 과대 선전에 속은 거다. 울트라 냄비라면 용광로에 들어간대도 멀쩡해야 할 텐데 달걀 하나 삶다가 완전 시꺼멓게 된 것이 지워지지도 않는 게 무슨 울트라냐! 그렇담 나도 울트라 '안나' 다. 그러니까 저딴 걸 삶을 때는 싸구려 스테인 대야나 스테인 냄비가 제격이다. —부평 안나 요리 학원장

안나의
즐거운
인생 비법

13 ›› · ·

감사하라

"아마도 나는 너무나도 멀리서 행복을 찾아 헤매고 있나 봅니다. 행복은 마치 안경과 같습니다. 나는 안경을 보지 않습니다. 그렇지만 안경은 나의 코 위에 놓여 있습니다. 그렇게도 가까이!"

쿠르트 호크의 글을 읽으며 내 코 위에 걸린 안경처럼, 행복은 이미 나의 분신처럼 그렇게 늘 가까이에 있었구나 하는 생각에 무릎을 쳤던 적이 있다.

무엇이 행복인가? 무엇이 불행인가? 가만히 생각해 보자. 아침에 눈을 떴을 때 남편이 코를 골며 자고 있다. 행복한가 불행한가? 조금 더 자고 싶지만 일어나서 쌀을 씻고 어제 준비해 둔 된장찌개를 끓인다. 행복한가 불행한가? 아이를 서둘러 깨워 학교에 보내고 남편을 챙겨 보내고 어질러진 식탁이며 방을 치운다. 행복한가 불행한가?

가족 모두 아무 탈 없이 아침을 맞이한 것이 감사하고, 함께 아침을 맞이할 남편이 살아있음이 감사하고, 씻을 쌀이 있음이 감사하고, 가족이 모여 살고 있음이 감사하고, 함께 둘러앉을 수 있는 집이 있음이 감사하고…… 그러나 같은 상황이라도 모든 것이 짜증스럽고 불행하다고 느낄 수도 있을 것이다.

내가 지하철역에 가서 경로우대권을 달라고 하면 신분증을 보자고 하는 역무원이 있는데 그것도 한때는 왜 사람 말을 못 믿나 싶어 짜증이 났었다. 또 묻지도 않고 획 내어주면 '내가 경로표 받을 만큼 삭아 뵈나?' 싶어 기분이 나쁘기도 했다. 그러나 그것도 생각을 바꾸니 다 기분 좋은 일이 되었다. 표를 그냥 주면 편해서 좋고, 신분증을 보여달라고 하면 날 젊게 봐서 그런 거니까 이래도 좋고 저래도 좋다.

지난해 여름 왼쪽 무릎이 너무 아파서 병원을 찾았다. 증세를 얘기했더니 의사가 MRI 검사를 해보자고 했다. 검사 결과, 관절은 깨끗한데 척추뼈 4, 5번이 내려앉아서 신경을 누르고 있다며 수술을 권했다. 드디어 내게도 노쇠가 온 거다. 늙어서 오는 병이니 완치란 있을 수 없고 다만 아픔을 어느 정도 덜어 주는 걸로 만족해야 한다는 생각이 들었다.

남편도 최근 통풍 진단을 받았다. 남편의 병도 완치가 안 되는 병이다. 부부가 함께 큰 산을 누비고 다녔는데 이제는 남편의 건강 때문에 그런 산행은 하지 못하게 되었다. 그런데 둘 다 지병이 생기고 보니 그 전보다 더 서로를 아끼고 배려하게 되었다. 남편은 내가 죽는 날까지 친구가 될 척추병을, 나는 남편의 평생 친구인 통풍을 함께 껴안고 서로 거들어 가면서 살아갈 것이다. 젊음과 건강은 잃어가지만 사랑은 더욱 돈독해지니 그도 감사할 일이다.

재미있는 놀이(?)가 있다. A부터 Z까지 1부터 숫자를 매긴다. A에는 1을 붙여주고 B에는 2, C에는 3, D에는 4······ 이런 식으로 가면 Z는 26이 된다. 그런 다음 알파벳 단어를 숫자로 환산해서 점수를 내보는 거다.

열심히 일한다, 이것은 몇 점이 될까? hard work, 98(8+1+18+23+15+18+11)점이다. 일만 열심히 한다고 100점짜리 인생이 되는 건 아니라는 얘기겠다. 그럼 지식이 많으면? knowledge는 96점, 행운으로 될까? luck은 47점, 돈이 많으면? money는 72점, 리더십leadership은? 89점. 그럼 100점짜리는 뭘까? 답은 '마음먹기attitude' 다. 인생은 마음먹기에 따라 100점짜리가 될 수 있다는 얘기다.

감사할 일들을 하나하나 떠올려보고 적어보자. 그리고 이왕이면 그것을 말로 표현해 보자. 자기 몸에 대해서도 감사의 말을 표현해 보자. 나를 그 숱한 곳으로 데려다준 발을 향해 "발아, 고맙다" 하고 말해보자. 내가 일일이 지시하지 않아도 저절로 알아서 움직여주는 모든 기관들이 얼마나 고맙고 다행스러운가. 밥 먹고, 숨쉬고, 소화시키고, 피를 돌게 하고…… 그러한 일들을 모두 내가 지시해서 해야 한다면 밥 먹다 숨이 멎거나 피를 돌게 하다가 굶어 죽었을 것이다. 머리, 가슴, 팔, 배, 다리, 손가락, 손톱, 발톱 하나까지 고맙지 않은 것이 없다. 하나하나 쓸어주기도 하고 바라봐주기도 하면서 고마움을 전해보자.

다른 모든 상황이나 주변에 있는 사람들에게도 감사의 마음을 표현해 보자. 얼핏 그게 감사할 일인가 싶은 생각이 들더라도 애써 감사한 이유를 찾아보자. 그러면 분명 한 가지 이상의 감사할 이유가 찾아질 것이다.

행복도 습관이다. 순간순간, 고맙다, 감사하다, 신난다, 재밌다, 즐겁다, 아 좋다…… 이런 말을 하고 산다면 우주는 계속해서 그런 일들을 가져다줄 것이다. 주문이 따로 없다. 운명이라는 것도 이렇게 만들어가는 거다.

앗! 나의 실수   나, 여기 있어!

귀여운 후배 선생님이 준 ···

심싱한 오징어!

탱글

탱글

쭉 뻗은 두 다리~

고마워요!

아유~ 안 받을 수도 없고···
핸드백 속에 쑤욱 넣어놓자~

퇴근시간, 만원 지하철 속에서···

여전히 꼿꼿이 우아 떨며 책을 읽고 있는데

저...
저기요!

어머나! 근사한 신사!!

흠, 흠

저... 핸드백
좀 보세요...

네?

어머머머!!!
내 핸드백!

좌-아-악 ✧✧
찢긴 핸드백!!

그·러·나
찢긴 핸드백보다 나를 더 당황하게 한것은···!

우~아
달랑~
달랑~
나, 여깄어!

요, 오징어 다리!

신사 앞에 서서 우아떨며 책 보다가···
그런 낭패가 어딨나!

쪼쪽
쯔
절겅~
절겅~

그때 생각 때문에 난 지금도 오징어 다리만 보면
선참은 이빨로다가 사정없이 씹어댄다 ^^

몸아, 미안해

미국서 온 시누이 부부가 오이소박이 얘기를 해서 오늘 시장에 나가 오이 스무 개, 열무 한 단, 얼갈이배추 한 단을 사왔다. 즉시 했으면 좋았을 텐데 오전에 볼일이 있어 오후에서야 시작을 했다. 저녁 준비를 하면서 열무와 배추를 절이고 오이도 절여놨다.

시누이가 볼일을 마치고 8시가 되어서 오는 바람에 늦은 저녁 먹고 설거지 마치고 나서 김치 담그기를 시작했다. 게다가 시어머님께서 김치에다가 조미료를 많이 넣는 걸 원하시는데 열무김치에 조미료라니! 난 절대(!) 안 쓴다. 그러니 시어머님 주무시러 들어가신 뒤에야 혼자 김치를 담그게 되었다.

9시가 넘어서 열무김치에 넣을 밀가루 풀 쑤어서 식는 동안 양념을 준비했다. 모두 자는데 믹서에 양파와 배를 갈려니까 소리가 나 내 컴퓨터 방으로 갖다놓고 문 꼭 닫고 배 갈고 양파 갈아 꾹 짜서 배즙과 양파즙을 만들었다. 다음으로는 고추를 갈아서 체에 걸러 고춧물을 만들었다. 파 다듬고 마늘 갈고 생강 까서 갈아놓고. 배추가 절여지는 동안 오이는 끓는 물에 튀겨서 배 갈라 절여놓고. 부추 다듬어 씻어놓고 오이소박이에 넣을 양념도 만들고. 그 다음 절여놓은 열무와 배추를 씻어 소쿠리에 담아 물기를 뺐다.

그러는데 전화가 왔다. 급히 전화를 받으러 뛰어가다가…… 으아~! 나 몰라! 배즙과 양파즙과 고춧물 만들어놓은 걸 냅다 걷어차며 넘어지는 바람에 죄다 엎지르고 말았다. 그야말로 '이미 엎질러진 물'이었다!

멀거니 서 있다가 다시 양파 까서 갈고 배 까서 갈고, 짜고, 고추 불려서 갈고…… 고추 불리는 동안 오이소박이 속 넣어서 두 통을 담았다. 한 통은 작은며느리네 거, 그런 다음 다시 짜낸 즙들과 고춧물, 파 마늘 생강들을 다 넣고 물 자박자박하게 붓고 버무린 열무김치를 김치 통에 담으려니까 어째 양이 좀 적다. 그래서 작은 통 두 개에다가 조금씩 나눠 담고 뒷설거지를 마치고 나서 주방을 한 바퀴 돌아보는데 저 쪽 소쿠리에 뭔가 남아 있다.

어째 예감이 안 좋아서 가슴 덜컥 내려앉는데 다가가 보니까 아이구 열무 씻어 건질 때 소쿠리가 작길래 작은 소쿠리에도 담아놨는데 큰 소쿠리에 담은 것만 버무린 거다. 양념도 적고 풀은 이미 버렸고, 남은 건 그냥 둘까 하다가 두면 버리게 될 테니 어쩌겠나 다시 또 시작했다. 양념 더 만들고 풀 다시 쑤고 먼저 과정을 다시 한번 한 것이었다!!! 일 마치고 나서 시계를 보니 새벽 1시가 넘었다.

아이구 옆구리도 결리고 눈도 침침하고 죽을 맛이다. 어디 실수가 그뿐이었나? 오전에는 내가 좋아하는 분을 만나러 나갔는데 책 갖다 드린다고 약속해놓고 약속 장소에 거의 다 가서야 책을 두고 온 사실을 알았다. 어떻게 할까 우왕좌왕하다 시계를 보니 집까지 뛰어갔다가 택시 타고 나가면 되겠다 싶어서 전속력(내 기준으로 전속력이다)으로 뛰어서 책 가지고 다시 헐레벌떡 택시 타고 나갔다.

오전엔 책 때문에 전력 질주했고, 오후엔 아니지 밤늦게까지 이 모양을 떨었다. 이놈의 건망증 땜에 몸뚱이 고생이 이만저만이 아니다. 거울을 보니 눈이 얼었다 녹은 동태 눈깔 같다.

코골이 남편이라도 좋다!

지난번 네팔 트레킹 갔을 때, 아들 부부가 바로 옆방에 들었다. 그런데 우리 영감이 코를 엄청 골았다. 다음날 아침 며느리가 물었다.

"엄마, 어젯밤 잘 주무셨어요?"

"잘 잤지."

"아유, 엄마 대단하세요. 아버지가 코를 그렇게 고시는데 옆에서 어떻게 주무실 수가 있으세요?"

"애, 그런 말 마라. 내 친구들 보면 남편 없는 친구들도 많은데 코골이 남편이라도 옆에 있어주면 고마운 거다."

"아유~ 엄마, 나도 나이 들면 그렇게 될까요?"

"그러~엄!"

정말 그렇다. 그 전엔 술 먹고 들어오면 코를 크게 골아서 짜증을 내곤 했었다. 그렇지 않으면 아예 잠자기를 포기하고 책 들고 소파로 가서 책 읽다가 자곤 했다. 그런데 이젠 세월이 흐르니 옆에서 코를 골아도 편하게 잔다. 코를 골든지 무슨 소릴 내든지, 식탁에서 끄윽끄윽 트림을 하든지, 콧구멍 털을 손톱 손질 가위로 자르든지, 콧구멍 털이 삐죽이 보이든지, 양말 벗어서 한 짝씩 제각각 굴러다니게 하든지, 치약을 중간 부분부터 짜든지, ……든지, ……하든지, 가든지, 먹든지, 자든지…… 다아~ 괜찮다!

그저 부디 건강만 해주세요!다. 하긴 그렇게 되려면 사랑이 있어야 한다.(닭살 소리를 했나?)

안경, 어디 간고얌?

대구에 강연이 있었다. 아무리 보잘것없는 할머니지만 교우님들 앞에 서는데 머리 손질이라도 해야겠다 싶어 미용실엘 들러 머리 손질을 한 뒤, 미국으로 보낼 책이 있어서 우체국에도 갔다 왔다. 길 떠날 준비를 하면서 하나하나 준비물 점검을 하다보니 아! 안경이 없다. 어김없이 또 보물찾기가 시작되었다. 안방에서 컴퓨터가 있는 방으로, 컴퓨터 방에서 문간방으로 문간방에서 맞은편 방으로, 방 네 개를 돌아다니며 찾아보았지만 안경은 간 곳이 없었다. 찾다 말고 가만히 생각을 해보니까 미용실에다 벗어놓은 것 같았다. 추운데 잠바를 주워 입고 미용실로!

"제 안경 혹시 여기 벗어놓지 않았나요?"

"아까 선생님이 쓰고 나가셨는데요."

이런이런…… 그랬구나! 머리 긁적이며 나와서 이번엔 우체국으로……
(주소 적을 때 벗어놓은 거 같기도 하다.) 그러나 역시 허탕이었다.

그런데 당연히 안경을 찾을 수 있으리라 생각해서 아예 여행 가방을 다 챙겨들고 나갔는데, 가방은 무겁지, 바람은 불지, 안경이 없으니 눈이 더 시리고 눈물은 나오지, 시간은 가지…… 그러나 어쩌겠나, 미용실에도 우체국에도 없다면 있을 곳은 마땅히 집! 그래, 다시 찾아보는 거다!

집으로 돌아와 작심을 하고 처음부터 다시 찾기 시작했다. 화장실과 주방, 심지어 옷장 속까지, 옷 주머니까지 샅샅이 뒤졌다. 3시 기차를 타야 하는데 더 시간을 끌 수도 없었다. 생각해 보니까 너무 속상했다. 올해 안경을 벌써 세 개를 잃어버렸다. 안경을 세 개씩이나 잃어버리고 나니까 안경 맞출 엄두가 나질 않아서 서울 동생(친동생이나 다름없는……)을 만나러 나가는데 안경 없이 나갔었다. 동생이 안경은 왜 안 쓰고 다니냐길래 사정 얘기를 했더니 자기네 집으로 가서 안경을 꺼내다가 준 거다. 그런데 그 안경까지 잃어버린 것이다.

너무 애를 쓰고 찾았더니 목이 탔다. 찬물이나 한 컵 마시고 안경 없이 가는 수밖에 없다 하고 냉장고 문을 열었는데, 아! 안경이 왜 냉장고에 있는고얌?

그 감격이라니!! 차디찬 안경을 꺼내서 얼른 썼다. 애가 탔던 만큼 반갑고 기뻤다. 안경은 찾았지만 시간이 촉박했다. 서울역에 도착하자마자 냅다 뛰었다. 다 사는 법은 있게 마련. 실수 잘하는 대신 이 나이에도 뛰는 건 자신 있어서 서울역 층계를 젊은이처럼 뛰어올라 출발 직전의 기차에 올라탈 수 있었다.

헤헤, 그런데 보던 책을 기차에 두고 내리는 것으로 오늘의 끝맺음을 장식했다.

그거, 강아지 건데……

모처럼 서울 사는 동생이 왔다. 뭐든 해 먹이고 싶어서 굴비도 굽고 맛있는 돼지고기도 구웠다. 곰취도 씻어놓고 맛이 든 열무김치도 개봉했다. 그렇게 차려놓고 둘이서 점심을 맛있게 먹었다. 어머니 애기랑 남편 애기랑 하다보니 시간이 잘도 흘렀다. 역까지 배웅하러 따라 나가는데 점심을 짜게 먹었는지 시원한 게 먹고 싶어서 아이스크림 집엘 들르자고 했더니 동생도 갈증이 났는지 군말 없이 따라 들어왔다.

너무나 가짓수가 많아 이름도 모르는 아이스크림들을 들여다보니까 점원 아가씨가 아몬드아이스크림을 가리키며 이게 맛있다고 했다. 동생이 산뜻한 게 좋지 그건 아몬드가 씹혀서 싫다고 했다. 나도 동감이었다. 나는 노란색이 도는 '망고 탱고'를 고르고 나서 동생더러는 하늘색 나는 게 시원해 보이길래 그걸로 하라고 했다.

　　주문한 아이스크림을 앉아서 먹는데 내 것은 달콤새콤한 게 먹을 만했다. 그런데 내가 골라준 하늘색 아이스크림은 아몬드보다 더 큰 열매(?)가 들어 있고, 씹으니까 텁텁한 게 아몬드보다 더 안 좋았다. 그래서 내 것 먹으라고 해놓고는 그걸 내가 먹는데 굵다란 열매가 나올 적마다 그걸 뱉어서 냅킨에다가 모았다. 영감 회사에 있는 강아지가 땅콩을 엄청 좋아해서 갖다줄 요량으로……

　　아이스크림을 먹으며 모은 열매가 제법 되었다. 일어설 때 잊지 않고 그걸 핸드백 속에다가 넣었다.(알뜰도 하지!) 동생을 배웅하고 집으로 들어오자마자 싸온 열매를 꺼내서 식탁 위에다가 놓았다. 내 방으로 들어와서 컴퓨터 열고 신나게 노는데 일찍 들어와서 야구 중계 보던 영감이 날 불렀다.

　　"여보, 이거 또 있어요?"

　　"뭐가요?"

　　되물으며 식탁 위를 본 순간! 워매~ 내가 아이스크림 먹으며 쪽쪽 빨아서 뱉어가지고 온 열매를, 그러니까 강아지 주려고 가지고 온 열매를 영감이 죄다 먹었다!

우웨엑~ 그거 맛나게 먹은 영감은 '암시롱'도 않는데 내가 구역질이 났다. 실토를 할 수도 없고…… 너무 안됐어서 잣을 꺼내췄더니 아까 그건 없난다. 에구~ 그 전에도 개밥 모아놓은 걸 먹더니 이번에도 또 그랬다. 내가 조심을 했어야 하는 건데.

그나저나 한 점 의심도 없이 그냥 뭐든 맛나게 먹어주는 영감이 좀 안됐다. 뭐든 맛나게 먹어주니까 내 요리 솜씨가 늘 리가 없다. 고등어 대가리 하나 갖고도 밥 한 공기 다 먹는 양반이다. 어쩜 그렇게 잘 먹어치우는 건지.

그나저나 이 글 우리 영감 보면 안 되는데……

하느님 감사합니다!

오늘 볼 일은 세 가지. 은행에서 돈 찾고, 우체국 가서 택배 부치고, 부평역에서 오후 3시에 동생 만나는 것. 시계를 보니 어느새 2시가 가까웠다. 아무렇게나 하고 나갔다가 나를 쫓아다니던 옛 남자와 마주쳐 무안당한 일이 있는지라, 흰 바탕에 하늘색 줄무늬가 시원해 뵈는 원피스를 입고 백은 같은 계열의 하늘색 꽃무늬 백을 들었다. 얼마나 앙증맞은지 크기도 닭똥집만 했다. 그 속에 지갑과 각종 카드를 넣어 달랑 어깨에 메고 나갔다.

한 손에는 택배로 부칠 물건을 넣은 큰 가방을 들고, 한 손에는 우산을 들었다. 은행에 들어서니 마침 사람이 별로 없어서 금방 돈을 찾을 수 있었다. 그러고는 우체국으로 가서 택배를 부치려고 보니 주소 프린트해 놓은 걸 집에 두고 왔다! 비는 오는데 우산을 쓰고 다시 10분씩, 왕복 20분을 걸어야 했다. 시계를 보니 동생과 약속한 3시가 가까워 온다. 다리에 쥐가 나도록 뛰다시피 걸어서 가지고 왔다.

두 곳에 택배를 무사히 보내고 난 뒤 집으로 향하다가 보니까 물건 넣어 갔던 큰 가방만 손에 들었지 닭똥집 백이 없다! 가슴이 철렁, 진땀이 뿌지직뿌지직 솟았다! 머릿속이 하얗게 텅 비어왔다. 택배 상자 풀로 붙이느라고 닭똥집 백을 내려놨었나 보다. 정신없이 우체국으로 달렸다! 아마 황영조 선수도 나만큼 사력을 다해 뛰진 못했을 거다.

헥헥대며 우체국 안으로 들어서서 눈을 헤드라이트처럼 번쩍이며 둘러봤지만 있을 리가 없지! 그래도 행여나 싶어서 이번엔 다시 은행으로! 우체국에서 은행까지는 뛰어서 15분 거리다. 비는 왔지만 옷 젖는 게 대순가! 우산도 쓰지 않고 내달렸다. 곤두박질을 치다시피 은행에 도착하니 찾는 나만 바보지, 있을 게 뭐야! 다리에 힘이 빠져서 폭삭 주저앉을 것만 같았다.

발 수술을 하고 집에서 누워 있는 영감 얼굴이 떠오르고, 힘들게 사는 동생 얼굴도 떠오르고…… 후회스럽다 못해 죽고 싶었다. 세상에 그 돈이 얼만데…… 가슴을 찧고 싶고 울고 싶기까지 했다. 비 맞고 터덜터덜 실성한 할머니처럼 걸으려니까 사람들이 흘낏대며 바라봤다. 우산을 펴 들려는데 어깨에서 뭐가 흘러내렸다. 으아~ 내 닭똥집 백! 그 쬐끄만 백을 어깨에 달랑 메고 그나마 뒤쪽으로 넘겼으니 그게 내 몸에 매달려 있는 줄 어케 알았갔냐! 너무나 반갑고 기뻐서 그 쬐끄만 백을 꼭 끌어안고 "감사합니다"를 연발했다. 아이구 십년 감수는 했나보다.

동생 만날 시간이 다 되어서 집으로 갔다. 동생 줄 것들이 이것저것 여러 가지여서 정신 차려 가방에 넣어가지고 다시 또 역으로. 내 다리가 참 튼튼하긴 하다. 돈을 찾은 기쁨에 무거운 보따릴 양손에 들었는데도 하나도 힘들지 않았다. 언제나 동생은 만나면 반갑고 기쁘다. 오랜만에 만난 동생이랑 찻집에서 만나 애길 나누다보니 일어설 시간이다. 동생을 역까지 바래다주고 돌아오려니까 실수는 했어도 개운했다. 벼르던 세 가지 일을 다 마친 거였다. 후유~!

그런데 내 큰 가방이 여전히 묵직했다. 우산을 꺼내고 들여다보니까 저런! 내가 다 읽고 동생 주려고 넣어간 신경숙의 《리진》 1. 2권이 고스란히 들어앉아 있었다!

그래도 잃은 게 없어서 기쁘고 즐거운 하루였다! 크흐흐!

샨티 회원제도 안내

샨티는 사람과 사람, 사람과 자연, 사람과 신과의 관계 회복에 보탬이 되는 책을 내고자 합니다. 만드는 사람과 읽는 사람이 직접 만나고 소통하고 나누기 위해 회원제도를 두었습니다. 책의 내용이 글자에서 머무는 것이 아니라 우리의 삶으로 젖어들 수 있도록 함께 고민하고 실험하고자 합니다. 여러분들이 나누어주시는 선한 에너지를 바탕으로 몸과 마음과 영혼에 밥이 되는 책을 만들고, 즐거움과 행복, 치유와 성장을 돕는 자리를 만들어 더 많은 사람들과 고루 나누겠습니다.

샨티의 회원이 되시면

샨티 회원에는 잎새·줄기·뿌리(개인/기업)회원이 있습니다. 잎새회원은 회비 10만 원으로 샨티의 책 10권을, 줄기회원은 회비 30만 원으로 33권을, 뿌리회원은 개인 100만 원, 기업/단체는 200만 원으로 100권을 받으실 수 있습니다. 그 외에도,

- 신간 안내 및 각종 행사와 유익한 정보를 담은 〈샨티 소식〉을 보내드립니다.
- 샨티가 주최하거나 후원·협찬하는 행사에 초대하고 할인 혜택도 드립니다.
- 뿌리회원의 경우, 샨티의 모든 책에 개인 이름 또는 회사 로고가 들어갑니다.
- 모든 회원은 샨티의 친구 회사에서 프로그램 및 물건을 이용 또는 구입하실 때 할인 혜택을 받을 수 있습니다.
- 샨티의 책들 및 회원제도, 친구 회사에 대한 자세한 사항은 샨티 블로그 http://blog.naver.com/shantibooks를 참조하십시오.

샨티의 뿌리회원이 되어
'몸과 마음과 영혼의 평화를 위한 책'을 만들고 나누는 데
함께해 주신 분들께 깊이 감사드립니다.

뿌리회원(개인)

이슬, 이원태, 최은숙, 노을이, 김인식, 은비, 여랑, 윤석희, 하성주, 김명중, 산나무, 일부, 박은미, 정진용, 최미희, 최종규, 박태웅, 송숙희, 황안나, 최경실, 유재원, 홍윤경, 서화범, 이주영, 오수익, 문경보, 최종진, 여희숙, 조성환, 김영란, 풀꽃, 백수영, 황지숙, 박재신, 염진섭, 이현주, 이재길, 이춘복, 장완, 한명숙, 이세훈, 이종기, 현재연, 문소영, 유귀자, 윤홍용, 김종휘, 이성모, 보리, 문수경, 전장호, 이진, 최애영, 김진회, 백예인, 이강선, 박진규, 이욱현, 최훈동, 이상운, 이산옥, 김진선, 심재한, 안필현, 육성철, 신용우, 곽지희, 전수영, 기숙희, 김명철, 장미경, 정정희, 변승식, 주중식, 이삼기, 홍성관, 이동현, 김혜영, 김진이, 추경희, 해다운, 서곤, 강서진, 이조완, 조영희, 이다겸, 이미경, 김우, 조금자, 김승한, 주승동, 김옥남, 다사, 이영희

뿌리회원(단체/기업)

주/김정문알로에 KIM JEONG MOON ALOE CO. LTD.

한생재단

design Vita

사단법인 한국가족상담협회·한국가족상담센터

생각과느낌 소아청소년 성인 몸 마음 클리닉

PN풍년

경일신경과 | 내과의원

회원이 아니더라도 이메일(shantibooks@naver.com)로 이름과 전화번호, 주소를 보내주시면 독자회원으로 등록되어 신간과 각종 행사 안내를 이메일로 받아보실 수 있습니다.

전화 : 02-3143-6360 팩스 : 02-338-6360
이메일 : shantibooks@naver.com